Abgründe

Janina Huber

Abgründe

20 abgrundtiefe Kurzgeschichten

Für alle,

die immer an mich glauben.

„Wer mit Ungeheuern kämpft, mag zusehn,

dass er nicht dabei zum Ungeheuer wird.

Und wenn du lange in einen Abgrund blickst,

blickt der Abgrund auch in dich hinein.“

- Friedrich Nietzsche -

Inhalt

Atemnot

Um mich herum ist alles schwarz. Tiefe, undurchdringliche Finsternis. Ich fühle mich wie in Watte gepackt. Ein dumpfer, pochender Kopfschmerz ist alles, was ich wahrnehme. Er bestimmt den Augenblick und lässt die Frage, warum ich nichts sehen kann, in den Hintergrund treten. Doch die alles verschlingende Schwärze und der Übelkeit erregende Schmerz in meinem Kopf sind nicht mein einziges Problem. Eine Last scheint auf meiner Brust zu liegen und ich kann nicht richtig atmen. Jeder Atemzug fällt mir schwerer als der vorangegangene. Langsam steigt Panik in mir auf. Das Gefühl, dass kaum noch Luft in meine Lunge strömt, ist mir unerträglich. Ich bin sicher, dass ich jeden Moment ersticken werde. Etwas scheint sich wie eine Schlinge um meinen Hals gelegt zu haben. Ich möchte danach greifen, doch ich kann meine Arme nicht bewegen. Sie sind eng an meinem Körper festgeschnallt. Eine schreckliche Angst ergreift von mir Besitz. Was geschieht mit mir?

Ich spüre einen Einstich in meiner linken Armbeuge und eine kalte Flüssigkeit strömt in meine Vene. Sofort beschleunigt sich mein Pulsschlag. Ich möchte schreien, doch die Atemnot lässt es nicht zu. Plötzlich legt sich mir etwas über Nase und Mund. Ein Luftstrom presst sich unaufhaltsam in meine Atemwege. Es fühlt sich an, als würde ich im Sturm mit offenem Mund gegen den Wind laufen. Obwohl ich immer noch panisch darüber nachdenke, was mit mir passiert, fühlt sich die Luft in meiner Lunge gut an. Das Atmen fällt mir viel leichter als zuvor.

Langsam lichtet sich auch das Schwarz vor meinen Augen. Erst ist es nur ein schwaches Flimmern, doch dann erkenne ich helle Konturen.

„Sie kommt zu sich", höre ich jemanden dicht neben mir sagen. Meine Hand wird sanft gedrückt und reflexartig erwidere ich den Druck. Vorsichtig öffne ich meine Augen, in Erwartung eines grauenvollen Szenarios. Mit einem Schlag weicht die Dunkelheit einem schmerzenden Weiß. Das gleißende Licht durchzuckt mich wie ein Blitz und verstärkt meine Kopfschmerzen so sehr, dass ich für einen Moment fürchte, mich übergeben zu müssen. Dann klärt sich mein

Blick. Ich liege in einem kleinen weißen Raum. Um mich herum stehen blinkende und piepende Gerätschaften und ein Mann und eine Frau in weißen Kitteln beugen sich über mich. Sie tragen einen Mundschutz und ich kann nur ihre Augen erkennen. Doch die scheinen freundlich zu sein. Ich entspanne mich ein wenig.

„Wie geht es Ihnen?", fragt die Frau, die vorhin auch meine Hand gedrückt hat.

Ich möchte antworten, doch das Ding, das unaufhörlich Luft in meine Atemwege pumpt, hindert mich daran. Wieder will ich danach greifen, doch nach wie vor lassen sich meine Arme nicht bewegen. Ich werfe der Frau einen ängstlichen Blick zu. Sanft streicht sie mir über den Haaransatz: „Machen Sie sich keine Sorgen! Wir kümmern uns um Sie. Wir werden Sie jetzt ins Krankenhaus bringen."

Ins Krankenhaus? Ich sehe mich etwas genauer um. Der kleine weiße Raum, in dem ich liege, scheint ein Krankenwagen zu sein. Ich versuche mich etwas aufzurichten, doch die Frau drückt mich sanft zurück auf die Trage, auf der ich festgeschnallt bin. Das Ding auf meinem Gesicht entpuppt sich bei näherer Betrachtung als eine Sauerstoffmaske. Was ist nur geschehen? Warum bin ich hier? Und warum muss ich in ein Krankenhaus?

Ich versuche mich daran zu erinnern, was sich ereignet hat, bevor alles um mich herum dunkel geworden ist. Der dumpfe Kopfschmerz lässt kaum einen klaren Gedanken zu. Aber ich muss wissen, was mit mir passiert ist. Konzentrier dich, rede ich mir selbst gut zu. Und tatsächlich lichtet sich der Nebel in meinem Bewusstsein ein Stück weit.

Ich sitze in einem großen lichtdurchfluteten Raum auf einem cremefarbenen Ledersofa. Mein Wohnzimmer? Ausgebreitete Unterlagen auf dem Glastisch vor mir. Ich bin darin vertieft. Um was geht es? Ich erinnere mich nicht. Aber es scheint mir wichtig zu sein. Ein Geräusch hinter mir lässt mich zusammenzucken. Ich fahre herum. Ein dunkelhaariger Mann steht im Türrahmen. Er sieht gut aus. Groß und breitschultrig. Er lächelt mich an, doch es liegt keine Freundlichkeit darin. Ich stehe auf. Er kommt langsam auf mich zu. Ich weiche zurück, stoße mit der Wade an den Glastisch. Sein Lächeln wird breiter, teuflisch. In seiner rechten Hand hält er einen silbernen Kerzenständer. Er holt damit aus. Ich schreie.

Meine Erinnerungen, oder das, was davon noch übrig ist, reißen abrupt ab. Was hat das zu bedeuten? Wer ist dieser Kerl? Und hat er mich tatsächlich niedergeschlagen?

Meine Kopfschmerzen verstärken sich noch ein wenig. Ein leises Stöhnen entringt sich meiner Kehle. Der Mann mit dem Mundschutz wirft mir einen fragenden Blick zu.

„Haben Sie starke Schmerzen?"

Ich nicke. Er nimmt eine durchsichtige Ampulle aus einer Schublade und zieht eine Spritze damit auf. Nachdem er mir die Flüssigkeit injiziert hat, lässt der Kopfschmerz wieder etwas nach.

Er klopft gegen eine Milchglasscheibe, hinter der sich wahrscheinlich die Fahrerkabine des Krankenwagens befindet. „Wir können los", ruft er. Der Motor wird gestartet und ein sanftes Vibrieren erfasst meinen Körper.

Die Frau geht um meine Trage herum, um die Türen des Krankenwagens zu schließen. Entfernt höre ich jemanden rufen und Schritte, die auf dem Asphalt schnell näher kommen. Die Frau hält inne.

„Was ist passiert? Wie geht es ihr?" Die Stimme gehört zu einem Mann, der vor Anstrengung keuchend neben dem Krankenwagen zu stehen scheint.

„Wer sind Sie?", fragt die Frau.

„Ich bin der Ehemann. Kann ich mitfahren?"

Die Frau nickt. Der Mann, der behauptet mit mir verheiratet zu sein, dessen Stimme ich aber nicht erkenne, steigt ein und setzt sich neben mich. Er nimmt meine Hand und streichelt sie sanft. Erst als er sich über mich beugt, um meine Stirn zu küssen, kann ich sein Gesicht sehen. Ich zucke zusammen. Es ist der Mann aus meiner Erinnerung. Der, mit dem Kerzenständer in der Hand. Was geht hier vor?

„Wie geht es dir, mein Liebling? Was ist passiert?", fragt er und sieht mir fest in die Augen.

Mein Pulsschlag beschleunigt sich. Ich darf mir nichts anmerken lassen. Ich zucke mit den Schultern. Sein Blick wird forschend.

„Kannst du dich an gar nichts erinnern?", hakt er nach.

Ich schüttle den Kopf. Sein Körper scheint sich zu entspannen. Wirkt er tatsächlich erleichtert oder bilde ich mir das nur ein?

„Ich werde dich niemals allein lassen. Wir sind füreinander bestimmt. Nichts und niemand wird uns trennen", raunt er mir ins Ohr. Dabei sieht er mir fest und eindringlich in die Augen.

Als der Krankenwagen anfährt, streicht er mir liebevoll über das Haar. Sein Blick ist in die Ferne gerichtet. Ein Lächeln umspielt seine Lippen, teuflisch.

Plötzlich sehe ich mich wieder auf dem Ledersofa sitzen. Ich betrachte die vor mir ausgebreiteten Unterlagen. Die Wörter auf dem Papier verschwimmen vor meinem inneren Auge. Ich versuche mich zu konzentrieren. Aus den Tiefen meines Bewusstseins taucht langsam ein Wort auf. Zunächst bekomme ich es nicht zu fassen, doch dann manifestiert es sich. Die Härchen auf meinen Unterarmen stellen sich auf, als mir klar wird, um was es bei den Unterlagen ging: SCHEIDUNG.

Schön

„Reck das Kinn ein wenig nach vorne!" *Klick.*

„Zeig mir dein schönstes Lächeln!" *Klick. Klick.*

„Perfekt! Wir haben es im Kasten!"

Freudestrahlend lief Clemens auf sie zu und küsste sie überschwänglich auf beide Wangen. Er zählte zu den renommiertesten Fotografen der Branche und Sonja war stolz, ihn von sich überzeugt zu haben. Die Windmaschine, die ihr bis gerade eben die Haare verführerisch aus dem Gesicht geweht hatte, wurde abgeschaltet. Zufrieden lächelnd verließ Sonja das Set. Auf dem Weg in die Garderobe wurde sie von ihrer Agenturchefin und ihrem Manager herzlich umarmt und sogar einige der anderen Models lächelten ihr anerkennend zu. Sonja wusste, dass sie einen guten Job gemacht hatte. Als die Garderobentür hinter ihr ins Schloss fiel, atmete sie dennoch erst einmal tief durch und ließ sich auf einen der Stühle sinken.

„Wie ist es gelaufen?", fragte Anna, die als Visagistin für dieses Shooting engagiert worden war.

„Nicht schlecht, würde ich sagen", antwortete Sonja, doch ihr strahlendes Lächeln ließ keinen Zweifel daran, dass es hervorragend gelaufen war.

„Bei Ihrem wunderschönen Gesicht ist das auch kein Wunder", erwiderte Anna und trat voller Bewunderung hinter sie. „Die Fotografen müssen Sie einfach lieben."

Sonja antwortete nicht. Was hätte sie darauf auch sagen sollen. Jeder neutrale Beobachter hätte Anna mit Sicherheit zugestimmt.

„Soll ich Sie noch schnell abschminken?", bot die Visagistin an.

„Das ist nicht nötig, danke." Sonja wollte jetzt einfach nur noch nach Hause. Sie mochte es nicht besonders, wenn andere an ihrem Gesicht herumfuhrwerkten. Natürlich gehörte genau das zu ihrem Job, aber wenn es sich einrichten ließ, übernahm sie wenigstens das Abschminken lieber selbst.

Anna schien enttäuscht zu sein, doch sie sagte nichts. Stattdessen wandte sie sich einem anderen Model zu, das soeben hereingekommen war. Sonja stand auf und betrachtete sich in einem der großen Spiegel. Ihr Gesicht war wirklich wunderschön. Ihre dunkelgrünen Katzenaugen harmonierten perfekt mit der ebenmäßigen Nase und den vollen Lippen. Ihre kastanienbraunen, langen Haare fielen ihr in sanften Wellen bis über die Schultern. Das rote Abendkleid, das sie für das Shooting bekommen hatte, schmiegte sich beinahe zärtlich an ihren schlanken Körper. Im Gegensatz zu vielen anderen Mädchen im Business hatte Sonja das Glück, trotz ihrer perfekten Modelmaße nicht zu dünn zu wirken. Mehr als einmal waren Fotografen und Designer angesichts ihrer wohlgeformten Proportionen in Verzückung geraten. Sie ging hinter einen der bereitgestellten Paravents und zog sich um. Nachdem sie das rote Kleid wieder an die dafür vorgesehene Kleiderstange gehängt hatte, verließ sie das Studio, um den Bus nach Hause zu nehmen.

Es war ein herrlicher Spätsommernachmittag und auf den Straßen waren viele Menschen unterwegs. Einige der Passanten warfen Sonja verstohlene Blicke zu, die meisten sahen sie ganz unverhohlen an. Natürlich wusste sie, welch unglaubliche Wirkung sie auf ihre Mitmenschen hatte. Dennoch erstaunte es sie immer wieder, dass ihr nicht nur Männer interessiert hinterher sahen, sondern auch Frauen ihre Begeisterung kaum verbergen konnten. In diesen Momenten war Sonja froh, dass niemand hinter die Fassade blicken konnte.

Zuhause angekommen zog sie sich noch im Flur nackt aus. Ihre Kleidungsstücke ließ sie dort liegen, wo sie zu Boden gefallen waren. In der Küche schenkte sie sich ein Glas Rotwein ein, das sie mit in ihr Schlafzimmer nahm. Sie setzte sich an den Schminktisch und fuhr zärtlich mit den Fingerspitzen über Hals, Wangen, Nase und Stirn. Dann griff sie nach den Abschminktüchern und entledigte sich des dick aufgetragenen Make-ups. Sie entfernte die künstlichen Wimpern und wischte sich zu guter Letzt auch den dunkelroten Lippenstift ab. Noch einmal betrachtete sie ihr Spiegelbild. Auch ungeschminkt war sie wunderschön.
Doch das würde sich gleich ändern. Sonja griff nach ihrem Glas und nahm einen großen Schluck Wein. Was jetzt kam, wühlte sie immer wieder schrecklich auf. Der Alkohol half ihr dabei, wenigstens etwas besser mit der Situation zurecht zu kommen. Ihren Schmerz lindern konnte er nicht.

Mit zitternden Fingern griff sie nach dem in der Schublade bereitliegenden Skalpell und der Pinzette. Sie leerte ihr Glas. Dann fuhr sie mit dem Skalpell vorsichtig an ihrem Haaransatz entlang bis hinunter zu den Ohren. Hier war das Vorhaben jedes Mal besonders heikel. Eine falsche, unkontrollierte Bewegung und es würde Blut fließen! Sie warf einen prüfenden Blick in den Spiegel. Über dem rechten Ohr schien sich etwas Haut abzulösen. Sonja atmete tief durch, ehe sie die Pinzette an genau der Stelle ansetzte und langsam daran zog. Millimeterweise löste sich immer mehr Haut ab. Sie wiederholte die Prozedur an verschiedenen Stellen entlang der Stirn, bis sie über dem linken Ohr angelangt war. Auch wenn es ihr schwer fiel, zwang sie sich zu einem weiteren Blick in den Spiegel. Ja, jetzt müsste es gehen. Sie legte die Pinzette beiseite und nahm nun beide Hände zu Hilfe. Mit einem leise schmatzenden Geräusch löste sich das Silikon von ihrem Gesicht und Sonja betrachtete den täuschend echten Abguss in ihren Händen. Sorgfältig säuberte sie die Innenseite der extra für sie angefertigten Maske mit Desinfektionstüchern, dann verstaute Sonja sie in einem Plastikbehälter. Nachdem sie Skalpell und

Pinzette aufgeräumt hatte, starrte sie lange auf ihre Hände. Sie traute sich nicht, den Blick zu heben. An den Anblick, der sie erwartete, würde sie sich niemals gewöhnen können. Schließlich nahm sie all ihren Mut zusammen und sah in den Spiegel.

Wie immer schreckte sie vor der eigenen Fratze zurück. Ihre linke Gesichtshälfte war von der Nasenwurzel bis zum Ohransatz und hinunter zum Kinn quasi nicht mehr vorhanden. Sie war überzogen mit einem dunkelroten Narbengeflecht. Auf der rechten Seite zog sich eine im Lauf der Jahre mehr und mehr verblasste Linie von der Augenbraue über die Schläfe und den Wangenknochen bis zum Mundwinkel. Es sah aus, als wäre Sonja beim Schminken mit einem korallenfarbenen Lippenstift abgerutscht. Auch Jahre später waren die Einstichstellen deutlich zu sehen, an denen der Chirurg ihre auseinanderklaffenden Hautfetzen mühevoll zusammengenäht hatte. Sonja griff nach einem Tiegel mit Wundsalbe und bedeckte all ihre Narben mit einer dicken, weißen Schicht. Ein Ritual, das sich täglich wiederholte.

Mit siebzehn war sie in einen schrecklichen Autounfall verwickelt worden. Ein guter Freund, der am Steuer gesessen hatte, war dabei gestorben. Buchstäblich in letzter Sekunde hatten die Rettungskräfte Sonja aus dem Wagen gezogen, der bereits Feuer gefangen hatte. Schwerste Verbrennungen waren der Preis gewesen, den sie bezahlt hatte, um mit dem Leben davon zu kommen. Fünf Wochen war sie im künstlichen Koma gelegen. Als Sonja schließlich aufgewacht war und die Ärzte ihr zum ersten Mal den schützenden Verband abgenommen hatten, war sie zusammengebrochen. Sie hatte am ganzen Leib gezittert und geschrien, warum man sie nicht einfach hatte sterben lassen.

Zwei Wochen vor dem Unfall hatte sie sich bei einer Modelagentur beworben und man hatte ihr gute Chancen auf eine große Karriere vorausgesagt. Beim Blick in ihre nun entstellte Fratze hatte Sonja gewusst, dass es damit vorbei war. Wer engagierte schon ein Monster für seine Shootings?

Zwei Jahre lang war sie in psychologischer Betreuung gewesen, ehe sie sich mit dem Geschehenen abfinden konnte. Dabei wusste sie, dass sie noch großes Glück gehabt hatte.

Abgesehen davon, dass sie hätte tot sein können, hätten die Verbrennungen auch noch weit schlimmer oder großflächiger sein können. Glücklicherweise hatte sie ihr Augenlicht nicht verloren und weder ihr Hals noch ihre Brust oder ihre Arme waren in Mitleidenschaft gezogen. Auch ihre Kopfhaut war vollständig verschont geblieben. Als sie bei einem plastischen Chirurgen vorgesprochen hatte, um sich über eine Hauttransplantation zu informieren, hatte dieser die Idee mit der Silikonmaske gehabt. In mehreren Sitzungen war ihr die Maske von einem Visagisten angepasst worden, bis man keinen Unterschied mehr zu ihrem früheren Gesicht feststellen konnte.

Kurz vor ihrem zwanzigsten Geburtstag hatte Sonja den Schritt gewagt und sich eine neue Agentur gesucht. Seither hatte sie eine beispiellose Karriere hingelegt und war eines der meistgebuchten Models.

Während sie weiterhin ihr Gesicht massierte, umspielte ein bitteres Lächeln ihre Lippen. Wenn irgendjemand davon erfuhr, dass ihr makellos schönes Gesicht nur Fake war, würde man sie fallen lassen wie eine heiße Kartoffel. In

Wahrheit war sie nicht schön. Sonja war die
Frau ohne Gesicht.

Der Fund

Sommer 1990

Ben saß zusammengekauert an der Böschung und starrte auf die Hand, die sich ihm bleich entgegenreckte. Eine Kinderhand, eindeutig. Nicht viel größer als seine eigene. Mit einer Mischung aus Abscheu und Faszination dachte er darüber nach, welch seltsame Wende dieser Ferientag so plötzlich genommen hatte. Eigentlich hatte er nur ein wenig durch die Gegend streifen wollen. Allein. Wie immer. Er hatte ein Frisbee mitgenommen, um mit Timmy zu spielen - einem Hund, der nur in seiner Fantasie existierte. Schon lange wünschte er sich ein Haustier. Einen Freund. Seinen einzigen. Doch seine Eltern ließen sich nicht erweichen. Sie hätten doch überhaupt keine Zeit für einen Hund, sagten sie. Und er wusste, dass sie damit Recht hatten. Schließlich hatten sie nicht einmal Zeit für ihn.

Dennoch hatte er den Tag genossen. Mit Timmy war er über Wiesen und Felder getollt und hatte das Frisbee geworfen, damit Timmy ihm hinterher jagen konnte. Sein letzter Wurf war ihm jedoch missglückt und die neongrüne Plastikscheibe war in einem Gestrüpp gelandet. Seufzend hatte Ben sich daran gemacht, das Frisbee zu suchen. Als er sich den Büschen näherte, hatte er festgestellt, dass dahinter eine Böschung lag, die relativ steil zu einem kleinen Bach hin abfiel. Halb im Wasser, halb an seinem Ufer türmten sich Zweige und Äste unterschiedlicher Größe zu einem stattlichen Haufen auf. Zuerst hatte Ben es für einen Biberbau gehalten. Neugierig war er den Hang hinuntergeklettert. Doch plötzlich hatte etwas anderes seine Aufmerksamkeit erregt. Etwas, das beinahe weiß unter dem Geäst hervorgeleuchtet hatte.

Und nun saß er hier und starrte mit wild klopfendem Herzen auf eine Hand. Die Hand eines Toten, soviel war klar. Und für Ben bestand kein Zweifel daran, wessen lebloser Körper zum Vorschein kommen würde, sollte er es wagen, das Laub und die Äste beiseite zu schaffen. Eine Erinnerung durchzuckte ihn wie ein Blitz.

Er lehnte an der Mauer des Schulhofes und sah den anderen Kindern beim Spielen zu, während er lustlos an seinem Pausenbrot kaute.

„Hey, Blindschleiche!", dröhnte es plötzlich neben ihm. Kurz darauf traf ihn ein harter Schlag an der linken Schulter. Er war so vertieft gewesen, dass er die Gefahr nicht hatte kommen sehen. Ein weiterer Hieb traf ihn mitten ins Gesicht. Seine Brille rutschte ihm von der Nase und sein Pausenbrot flog in hohem Bogen davon, als er zu Boden ging. Ben sah sich der bulligen Gestalt seines Mitschülers Michael Peters gegenüber, der breitbeinig über ihm stand. Hinter ihm formierten sich bereits die ersten Schaulustigen.

„Seht nur, Ben die Brillenschlange ist hingefallen!", rief Michael ihnen belustigt zu.

Ben schlug die Augen nieder und blieb reglos am Boden sitzen. Bei unzähligen vorausgegangenen Schikanen hatte er gelernt, dass es keinen Sinn machte, sich gegen Michael zur Wehr zu setzen.

„Darf ich Ihnen aufhelfen, Gnädigste?", flötete der und riss Ben unsanft am Arm nach oben. In einer fließenden Bewegung nahm er Ben in den Schwitzkasten und drückte ihm die Luft ab. Einige der umstehenden Kinder kicherten, andere stimmten Anfeuerungsrufe an. Verzweifelt schnappte Ben nach Luft. Er wusste, dass sein Kopf bereits dunkelrot angelaufen war. Aber er wusste auch, dass Michael bald die Lust an ihm verlieren würde, wenn er sich nicht wehrte. Also hielt er still.

In diesem Moment hob einer von Michaels Freunden einen kleinen Stein auf und zielte damit auf Bens Kopf. Als ihn das Geschoss an der Stirn traf, schien etwas in Bens Gehirn zu explodieren. Wahrscheinlich brannten ihm zum ersten Mal die sprichwörtlichen Sicherungen durch. Ein unbändiger Zorn durchströmte seinen ganzen Körper. Er stieß einen markerschütternden Schrei aus. Für einen kurzen Moment schien Michael von seiner heftigen Reaktion überrascht zu sein und lockerte seine Umklammerung. Ohne darüber nachzudenken griff Ben nach dem Arm seines Angreifers und biss zu. Er bohrte seine Zähne solange in dessen Hand, bis er den metallischen Geschmack von Blut auf der Zunge schmeckte. Es gelang ihm, sich Michael endgültig zu entwinden und starrte ihn angriffslustig an. Der war blass geworden.

„Das wirst du mir büßen, Blindschleiche!", zischte Michael. Dann rannte er davon.

Die vernarbten Zahnabdrücke - seine Zahnabdrücke – waren noch immer zu erkennen. Sie hoben sich deutlich von der leblos unter dem Geäst hervorlugenden Hand ab. Ben hatte sich oft ausgemalt, wie es sein würde, einen echten Toten zu sehen. Im Fernsehen übergaben sich die Menschen dann meistens. Oder sie liefen schreiend davon. Sie wirkten verstört und standen unter Schock. Ben verspürte nichts von alledem. Sein einziger Gedanke war, dass Michael Peters ihn nun mit Sicherheit nie wieder quälen oder lächerlich machen würde.

Doch was sollte er jetzt tun? Je länger er darüber nachdachte, desto sicherer war er sich, dass er die Polizei informieren musste. Aber was war, wenn man ihn verdächtigte? Schließlich wussten alle an seiner Schule, dass er Michael hasste. Wäre es nicht klüger, den fetten Scheißkerl einfach hier liegen zu lassen, bis er verrottete? Aber durfte man so überhaupt über einen Toten denken?

Ben beschloss, dass er noch einen letzten allumfassenden Blick riskieren musste, ehe er weitere Schritte plante. Vorsichtig zog er einen Ast nach dem anderen zur Seite und schaufelte schließlich mit beiden Händen das sorgfältig über die Leiche drapierte Laub weg. Der Anblick, der sich ihm dann bot, ließ ihn schockiert nach Luft schnappen. Erneut stiegen unschöne Erinnerungen in ihm auf.

Nachdem er Michael gebissen hatte, wartete Ben täglich auf dessen Rache. Als es schließlich so weit war, wurde er von der Heftigkeit, mit der sie ihn traf, dennoch überrumpelt.

Michael und zwei seiner Freunde lauerten ihm in der Jungentoilette auf. Sie sprangen aus einer der Kabinen, als er gerade am Pissoir stand, packten ihn von hinten und zogen ihn zu einer der Kloschüsseln. Michael zwang ihn auf die Knie und drückte seinen Kopf mehrmals in das nach Urinstein und WC-Reiniger stinkende Wasser. Einer seiner Komplizen zog Ben die Hosen bis zu den Knien hinunter. Michael riss Bens Kopf hoch und hielt ihm einen langen Stecken vors Gesicht.

„Siehst du den, Arschloch?", fragte er hämisch grinsend. „Damit werde ich dir zeigen, wer hier der Boss ist!"

In den nächsten Minuten ließ Michael den Stecken immer und immer wieder mit voller Wucht auf Bens nackten Hintern hinuntersausen. Ben kam es wie eine Ewigkeit vor. Jedes Mal, wenn er vor Schmerz schrie, drückte Michael seinen Kopf erneut in die Kloschüssel.

Schließlich hörten die Schläge auf und Ben konnte Michaels heißen Atem an seinem Ohr spüren: „Und jetzt, du kleine Schwuchtel, werd ich dir den Stock so lange in den Arsch stecken, bis du Hosianna singst. So magst du es doch, Arschficker!"

Beim Gedanken an diese schlimmsten Minuten seines Lebens, sog Ben die Luft tief durch die Zähne ein. Der Schweiß war ihm ausgebrochen und sein Herz schlug so schnell, dass er Angst hatte, es könnte in seiner Brust zerspringen.

Trotzdem konnte er den Blick nicht von dem toten Körper nehmen, der sich ihm nun gänzlich offenbarte. Michael lag auf dem Bauch. Sein Kopf war zur Seite gedreht und über seinen Hals zogen sich rote Striemen.

Jemand - sein Mörder, schoss es Ben durch den Kopf - hatte ihm die Hosen ausgezogen. Sein nackter Hintern war blutverkrustet. Ben nahm an, dass sich auch noch andere Körperflüssigkeiten darauf finden würden, und erschauerte. Wenigstens würde jetzt niemand mehr davon ausgehen, dass er Michael umgelegt hatte. Wie hätte ausgerechnet er den so viel größeren und schwereren Jungen erwürgen sollen? Und sah er etwa aus wie ein Triebtäter?

Lange sah er Michael in dessen schreckgeweitete, leblose Augen.

„Und *du* nennst mich eine Schwuchtel? Jetzt hat *dich* wohl einer in den Arsch gefickt!", flüsterte er dem Toten zu. Als ihm klar wurde, was er eben gesagt hatte, schlug er die Hände vor den Mund. Tränen der Scham stiegen ihm in die Augen.

Ben hatte schon öfter in den Nachrichten gehört, dass Kinder entführt, missbraucht, getötet und irgendwo verscharrt worden waren. Doch solange man es nur hörte, blieb es irgendwie unwirklich. Jetzt saß er neben der Leiche seines Peinigers, mit dem genau das passiert zu sein schien. Ihm kam der Gedanke, dass Michaels Mörder noch in der Nähe sein könnte. Doch er hatte keine Angst. Waren sie nicht so etwas wie Komplizen? Immerhin hatte er Michael monatelang den Tod gewünscht. Vielleicht nicht so, auf diese grausame Weise. Aber spielte das jetzt noch eine Rolle?

Eine Träne löste sich aus seinem Augenwinkel und rann an seiner Wange hinab bis zum Kinn.

Ben weinte jedoch nicht um seinen Mitschüler, der in den letzten Minuten seines Lebens offensichtlich Schlimmes hatte erleiden müssen. Er weinte, weil er keinerlei Trauer oder Mitgefühl empfand. Stattdessen spürte er eine tiefe Genugtuung, die ihn von innen heraus wärmte.

Du bist ein Monster, ebenso eine Bestie wie der Mörder, dachte er und begann hemmungslos zu weinen. Als keine Tränen mehr kamen, wischte er sich den Rotz aus dem Gesicht. Doch das Gefühl der Befriedigung blieb.

Ben stand auf, kletterte die Böschung hinauf und fummelte sein Frisbee aus dem Gestrüpp. Ohne sich noch einmal nach seinem Fund umzusehen, lief er zurück in die Stadt. Vom alten Münztelefon am Marktplatz aus rief er bei der Polizei an. Er meldete, was er beim Spielen entdeckt hatte und beschrieb den Fundort so genau er konnte. Als ihn die Frau am anderen Ende der Leitung dazu bringen wollte, seinen Namen zu nennen, legte er auf. Er trat aus der Zelle hinaus in den Sonnenschein, der ihm das Gesicht wärmte. Einige Meter balancierte er auf dem Bordstein. Er dachte an Michaels Eltern, seine Familie. Doch ganz gleich, wie groß deren

Leid in der nächsten Zeit sein mochte, der alles bestimmende Gedanke war, dass sein eigenes Leid nun endlich ein Ende hatte. Das Thema Michael Peters war endgültig abgeschlossen.

Verlass mich nicht

„Hilfe! Hört mich denn keiner?"

Ihr leiser, flehentlicher Ruf hallte von den nackten Betonwänden zurück und dröhnte in ihren Ohren. Die Stille, die folgte, war unerträglich.

„Ist da niemand?", versuchte sie es noch einmal. Ihre Hände umklammerten die kalten Eisenstäbe. Angestrengt lauschte sie in die Dunkelheit, die nur vom fahlen Mondlicht durchbrochen wurde, das durch ein kleines Fenster zu ihr herein fiel.

Wie aus weiter Ferne nahm sie plötzlich ein knarrendes Geräusch wahr. Sie riss die Augen weit auf, obwohl sie jenseits des Mondlichts ohnehin nichts sehen konnte.

„Hallo?", fragte sie in die Dunkelheit hinein. Ihr Herz schlug ihr bis zum Hals.

Keine Antwort. Aber dennoch hatte sie das Gefühl, als käme jemand die steile Kellertreppe herunter.

Noch einmal nahm sie all ihren Mut zusammen. „Hallo?"

Sie wusste, falls es sich bei dem Besucher um Maria handelte, wäre sie verloren.

„Liebling, was machst du denn nur in diesem Käfig?"

Eine wohlvertraute Stimme. Ihr Herz setzte einen Schlag aus. Als ihr Verlobter aus der Finsternis auf sie zutrat, wurden ihr vor Erleichterung die Knie weich.

„Oh Sven! Gott sei Dank hast du mich endlich gefunden!"

„Was geht hier vor?"

Sie schlug die Augen nieder. Wie konnte sie ihm die Wahrheit sagen?

Vorsichtig streckte er eine Hand nach ihr aus, griff zwischen den Gitterstäben hindurch und nahm ihr Kinn zwischen seine warmen Fingerspitzen. Sanft zwang er sie, seinen fragenden Blick zu erwidern.

„Wer hat dir das angetan?"

Noch immer zögerte sie. Der leichte Druck seiner Finger ermunterte sie zu sprechen.

„Maria."

„Meine Mutter?" Ungläubig starrte er sie an.

„Du glaubst mir nicht." Langsam löste sich eine Träne aus ihrem Augenwinkel und hinterließ eine bleiche Spur auf ihrer dreckverkrusteten Wange.

„Natürlich glaube ich dir! Es ist nur so... unfassbar!"

„Ich weiß, Sven. Aber es ist die Wahrheit."

Er legte seine Stirn an die Eisenstäbe. Sein Gesicht war dem ihren plötzlich ganz nah. Sein Daumen strich immer wieder sanft über ihre tränenverschmierte Wange.

„Du frierst ja!"

Sie nickte. Die feuchte Kälte des modrigen Kellers war ihr tief in die Knochen gekrochen. Erst jetzt bemerkte sie, dass sie am ganzen Leib zitterte.

„Bitte hol mich hier raus, Sven!", flehte sie ihn an.

„Natürlich!" Hilfesuchend sah er sich in dem finsteren Raum um. „Ich werde den Schlüssel suchen. Oder ein Werkzeug, mit dem ich das Schloss aufbrechen kann."

Er wollte sich von ihr lösen, doch sie griff nach ihm. Umklammerte sein Handgelenk wie eine Ertrinkende.

„Nein! Lass mich nicht wieder allein!"

„Aber Liebling, wie soll ich dich denn sonst befreien?"

„Ich hab solche Angst, Sven!"

„Das weiß ich." Wieder fühlte sie seine warmen Finger auf ihrer klammen Haut. Sie schloss die Augen und sog seine Berührung in sich ein wie einen lebenserhaltenden Atemzug.

Schließlich nickte sie: „Also gut, dann geh! Aber komm bitte zurück!"

„Ich könnte dich nie verlassen", flüsterte er.

Ein lautes Geräusch ein Stockwerk höher ließ sie zusammenzucken. Sofort begann ihr Herz zu rasen. Die Berührung seiner Hand wurde schwächer. Panisch riss sie die Augen auf. Svens Gesicht schien sich vor ihr aufzulösen. Erst dachte sie, es läge an ihrem tränenverschwommenen Blick. Aber sie weinte nicht mehr.

„Sven?" Sein Gesicht wurde blasser. Fast durchsichtig.

Das Knarren der Kellertür kündigte unliebsamen Besuch an. Die feinen Härchen an ihren Armen stellten sich auf. Kalter Schweiß brach ihr aus und rann ihren Rücken hinunter. Der Körper ihres Verlobten war nur noch als schwache Kontur zu erkennen, die sich immer weiter von ihr entfernte. Schritte auf der Kellertreppe.

„Bleib bei mir, Sven!", flehte sie noch einmal. Doch sie wusste, dass es zu spät war. Alles war nur eine Illusion gewesen.

Die Schritte hatten mittlerweile die letzte Treppenstufe erreicht. Schlurfend bewegten sie sich nun über den kalten Betonboden. Ein dunkler Schatten erschien in dem schmalen Streifen fahlen Mondlichts. Instinktiv wich sie einige Schritte zurück.

Marias Lippen umspielte ein grausames Lächeln. In ihren Augen lag ein teuflisches Glitzern, als sie sprach: „Weißt du, wer eben hier war? Mein lieber Sohn Sven hat mich gerade besucht."

Übelkeit stieg in ihr auf. Ihr stockte der Atem. Konnte es wirklich möglich sein, dass sie seine Anwesenheit gespürt hatte und er ihr deswegen hier in ihrem Verlies erschienen war?

Maria sah ihren entsetzten Blick. Die Boshaftigkeit in ihrem Lächeln nahm zu.

„Er hat nach dir gesucht. Er wollte wissen, ob ich eine Ahnung hätte, wo du sein könntest."

Ihr Herz machte einen Sprung. Sven war auf der Suche nach ihr! Sie hatte gewusst, dass er sie nicht aufgeben würde.

„Freu dich nicht zu früh, du kleine Schlampe!", fuhr Maria sie an, als könne sie ihre Gedanken lesen. „Ich habe ihm deinen Brief gegeben."

Erschrocken riss sie die Augen auf: „Welchen Brief?"

„Den Brief, den du ihm zum Abschied geschrieben hast. In dem du ihn abservierst, weil er dich langweilt und du ein erfüllenderes Leben ohne ihn beginnen willst. Weit weg von hier."

„So etwas habe ich nie geschrieben!", schrie sie und vor Verzweiflung drohten ihr wieder die Knie weich zu werden.

„Nein, das hast du nicht", stimmte Maria ihr zu. „Aber das spielt keine Rolle, solange Sven glaubt, dass der Brief tatsächlich von dir ist."

„Warum tust du das, Maria? Sven ist alles, was ich habe. Ich liebe ihn!"

„Er ist auch alles, was ich habe!", fauchte Maria sie an. „Und ich lasse mir meinen Jungen nicht von dir wegnehmen!"

Sie schien einen Augenblick über ihre letzten Worte nachzudenken. Dann fügte sie hinzu: „Ich habe ihm lediglich die Augen geöffnet. Endlich hat er verstanden, dass du die Falsche für ihn bist. Dass du ihn nie wirklich geliebt hast."

„Es wird ihm das Herz brechen, Maria!"

„Er wird ein, zwei Tage untröstlich sein. Doch er wird über dich hinwegkommen. So wie über viele andere vor dir auch."

Maria stieß ein kehliges Lachen aus. Dann drehte sie sich um und verschwand in der Dunkelheit. Kurze Zeit später verrieten ihr die Schritte auf der Treppe und das Knarren der Kellertür, dass sie wieder allein war. Mutterseelenallein.

Sie kauerte sich in einer Ecke ihres Gefängnisses zusammen, umschlang ihre Knie mit beiden Armen und begann hemmungslos zu weinen. Niemand würde nach ihr suchen. Jetzt war sie für immer verloren.

Wenn der Nebel wiederkehrt

Der Nebel zog in dicken Schwaden um das kleine, schindelgedeckte Haus und man konnte kaum noch bis zu der großen, alten Buche sehen, die in knapp zehn Metern Entfernung am Rande des Gartens emporragte. Rosalie stand am Küchenfenster und starrte gebannt nach draußen. Vor einer Stunde noch war der Nebel in einem schwachen Dunst aus dem Boden aufgestiegen und jetzt war er bereits so dicht, dass sie alles nur schemenhaft erkennen konnte.

Sie mochte den Nebel nicht besonders. Er hatte ihr schon immer kalte Schauer über den Rücken gejagt und auch jetzt spürte sie, wie sich ihre feinen Nackenhärchen aufrichteten. Sie beobachtete, wie die milchigen Schwaden über den festgefrorenen Schnee krochen und sich in einem undurchdringlichen Weiß mit ihm vereinten. Sie tauchten die Welt da draußen in ein fahles, unheimliches Licht. Langsam brach die Düsternis des Spätnachmittags herein und die ersten Straßenlaternen schalteten sich ein.

Ihr Schein konnte den Nebel kaum noch durchdringen.

Hinter ihr ertönte ein ohrenbetäubendes Pfeifen und Rosalie zuckte erschrocken zusammen. Mit pochendem Herzen fuhr sie herum und schalt sich zugleich eine dumme Gans. Sie riss den Wasserkessel von der Herdplatte und schenkte sich eine Tasse Tee ein. Das Pfeifen des Kessels wurde leiser und verstummte schließlich ganz.

Rosalie ging hinüber ins Wohnzimmer und machte es sich auf dem alten, schon etwas abgewetzten Sofa gemütlich. Sie zog die Beine an und nippte vorsichtig an dem heißen Tee. Im Kamin brannte ein wärmendes Feuer und verbreitete eine wohlige Atmosphäre. Doch das Unbehagen, das ihr der Nebel bereitet hatte, konnte es nicht vertreiben. Ausgerechnet an diesem Wochenende musste ihr Freund Josh beruflich unterwegs sein. Irgendwie erschien es ihr lächerlich, aber angesichts der gruseligen Stimmung da draußen, hätte Rosalie ihn gerne um sich gehabt. Sie überlegte kurz, ihn anzurufen, verwarf den Gedanken jedoch sofort wieder. Immerhin wollte sie nicht wie ein hysterisches Weibchen wirken. Was sollte sie

Josh auch sagen? Dass sie sich wegen des bisschen Nebels in die Hosen machte?

Als sie wenig später in die Küche zurückkam und ihre leere Tasse in das Spülbecken stellte, war es draußen bereits dunkel. In der Fensterscheibe sah sie nichts weiter als ihr eigenes Spiegelbild. Doch wenn sie die Augen zusammenkniff und angestrengt hinsah, konnte sie auch die gespenstischen Nebelschwaden ausmachen. Der Nebel war noch einmal dichter geworden und es schien ihr, als stünde eine weiße, unüberwindliche Wand direkt vor ihrem Fenster. Jetzt konnte sie nicht einmal mehr das Haus ihres Nachbarn, des alten Herrn Ehlers, erkennen. Sie mochte den komischen Kauz, neben dem sie nun seit fast zwei Jahren wohnte. Verwitwet und kinderlos führte er ein eher zurückgezogenes Leben. Die meiste Zeit verschanzte er sich in den eigenen vier Wänden, widmete sich seiner Münzsammlung und mied den Kontakt zu seinen Mitmenschen so gut es ging. Nur an Rosalie schien er einen Narren gefressen zu haben. Wenn sie in der Arbeit war, bewahrte er ihre Zeitung für sie auf, damit sie nicht verschmutzt oder geklaut wurde. Letzteres hielt Rosalie für eher unwahrscheinlich, doch das gehörte nun einmal zu Herrn Ehlers Spleen. Hielt sie sich im Garten auf, kam auch er wie zufällig aus dem Haus spaziert und tat so, als würde er sie zunächst gar nicht bemerken. Dann begrüßte er sie jedes Mal überschwänglich und bot ihr eine Tasse Tee an, die sie auf seiner Terrasse bei einem freundschaftlichen Schwätzchen tranken.

Rosalie konnte sich an ihren Großvater nicht erinnern. Er war gestorben, als sie noch ein Baby war. Doch sie stellte sich vor, dass er genauso gewesen war wie ihr kauziger Nachbar, den sie so liebgewonnen hatte. Beim Gedanken an Herrn Ehlers musste sie lächeln. Doch das Gefühl, durch den Nebel auch von ihm abgeschnitten zu sein, ließ sie sofort wieder erschauern. Hastig zog sie das Springrollo herunter und eilte ins Wohnzimmer, um auch hier die schweren Samtvorhänge zuzuziehen. Sie konnte den Anblick nicht länger ertragen. Sie wollte nicht wissen, dass ihr kleines Häuschen immer mehr von dem bedrohlichen Weiß verschluckt wurde.

Auf dem Sofa zusammengekauert, die Decke bis unters Kinn hochgezogen, kam sie sich vor wie ein kleines verängstigtes Kind. Wenn Josh sie so sehen könnte, würde er sie mit Sicherheit auslachen. Vor allem über die Festbeleuchtung in Küche und Wohnzimmer würde er sich köstlich amüsieren. Doch dann würde er sie an sich ziehen und ihr so ein Gefühl von Schutz und Sicherheit geben. Dennoch schüttelte Rosalie über ihr albernes Verhalten den Kopf. Sie war schließlich eine erwachsene Frau. Sollte die Emanzipation etwa an einem schlichten Naturschauspiel scheitern? Kämpferisch reckte sie das Kinn empor, als wolle sie sich selbst ihren neu gewonnenen Mut beweisen. Dann griff sie zur Fernbedienung und zappte sich durch die Fernsehprogramme. Schließlich fand sie eine Kochsendung, die ihr einigermaßen interessant erschien. Während der Moderator in stets gleichbleibender Tonlage die Vorzüge des Ingwers pries, döste Rosalie vor sich hin.

Klonk! Ein seltsames Geräusch ließ sie aufschrecken. Sofort war sie hellwach. Das Herz schlug ihr bis zum Hals und kalter Schweiß brach ihr aus. Und obwohl das Geräusch eindeutig von draußen gekommen war und sie alle Vorhänge zugezogen hatte, wagte sie nicht, sich zu bewegen. Reglos blieb sie auf dem Sofa liegen und atmete so flach wie es ihr in dieser Situation möglich war. Als alles ruhig blieb, beruhigte auch sie sich langsam ein wenig. Wahrscheinlich hatte sie nur geträumt. Sie atmete tief durch und drehte sich auf den Rücken.

Klonk! Da war das Geräusch schon wieder. Dumpf, als würde man einen schweren Sack zu Boden fallen lassen oder einen großen Schneeball ans Fenster werfen. Bei dieser Vorstellung zog sich ihr der Magen zusammen und die Angst kroch ihr mit kalten Fingern in die Glieder. Tränen stiegen ihr in die Augen.

„Reiß dich zusammen", ermahnte sie sich. Wer sollte sich bei diesem Wetter da draußen schon herumtreiben? Bestimmt war es nur irgendein Tier, das bei der schlechten Sicht etwas auf ihrer Terrasse umgestoßen hatte. Dennoch war sie wie erstarrt und konnte keinen einzigen Muskel bewegen. Vielleicht war es nun doch an der Zeit, Josh anzurufen? Rosalie nahm all ihren Mut zusammen und rollte sich vorsichtig vom Sofa herunter. Auf allen Vieren robbte sie zu dem kleinen Beistelltischchen, auf dem das Telefon lag. Mit zitternden Händen gab sie Joshs Handynummer ein und drückte auf die grüne Wähltaste. Sie kauerte sich in der Zimmerecke zusammen und presste den Rücken fest an die Wand. Als sie den Hörer ans

Ohr hob, stockte ihr der Atem. Die Leitung war tot. Wie konnte das sein? Draußen tobte weder ein Unwetter, noch hatte es in den letzten Tagen besonders viel Neuschnee gegeben. Panisch sah sie sich in ihrem Wohnzimmer um. Alles schien wie immer zu sein. Sie überprüfte, ob das Telefonkabel richtig eingesteckt war, doch auch daran konnte es nicht liegen. Da fiel ihr ein, dass ihr Handy neben der Spüle lag. Beim Gedanken daran, bis in die Küche kriechen zu müssen, wurde ihr schwindelig. Am liebsten hätte sie sich noch tiefer in ihrer Ecke verkrochen.

„Nun mach schon", redete sie sich selbst gut zu. Nach einer gefühlten Ewigkeit, in der ihr mehrmals vor Angst fast schwarz vor Augen wurde, rappelte Rosalie sich endlich auf.

„Wovor fürchtest du dich eigentlich so, du dumme Gans?", zischte sie.

Dennoch traute sie sich nicht aufzustehen und aufrecht in die Küche zu gehen. Also krabbelte sie langsam los. Sie war noch keine zwei Meter weit gekommen, da fiel plötzlich der Strom aus. Rosalie erstarrte. Sie presste eine Hand auf den Mund, um nicht laut loszuschreien. In ihrem kleinen Häuschen war es mit einem Mal unheimlich still und stockdunkel. Nur das letzte

Glimmen der fast schon erloschenen Glut im Kamin gab ein schwaches Licht ab. Angsterfüllt kroch sie zurück in die Zimmerecke und drückte sich erneut gegen die Wand. Sie zog die Knie dicht an den Körper und umschlang ihre Beine mit beiden Armen. Ihr Herz raste. Die Augen kniff sie so fest zusammen, dass es fast wehtat. Es war ihr egal. Sie wollte nicht sehen, was möglicherweise gleich um sie herum geschehen würde. An einen zufälligen Stromausfall glaubte sie nicht. Jemand musste sich an ihren Stromleitungen oder dem Sicherungskasten im Keller zu schaffen gemacht haben. Doch das bedeutete, dass dieser jemand in ihrem Haus sein musste. Oder es zumindest gewesen war. Rosalies Verstand ließ keinen weiteren Gedanken daran zu. Es begann mit einem seltsamen Kribbeln in ihrem Nacken. Ihr wurde heiß, dann plötzlich eiskalt. Eine schreckliche Übelkeit stieg in ihr auf und in Rosalies Kopf schien sich alles zu drehen. Dann sackte sie weg.

Als sie wieder zu sich kam, wurde es draußen langsam hell. Durch einen Schlitz zwischen den schweren Samtvorhängen fiel ein schmaler Lichtstrahl ins Wohnzimmer. Benommen öffnete Rosalie die Augen. Von der zusammengekauerten Haltung schmerzte jede einzelne Faser ihres Körpers. Vorsichtig sah sie sich im Wohnzimmer um und warf auch einen verstohlenen Blick in die Küche. Beide Räume lagen verlassen da. Sollte sie sich alles nur eingebildet haben? Oder hatte sie einfach überreagiert? Langsam stand sie auf. Ein heftiger Schwindel durchflutete sie. Für einen Moment musste sie sich mit einer Hand an der Wand abstützen, um nicht das Gleichgewicht zu verlieren. Vorsichtig tastete sie sich bis zu der großen Fensterfront vor und zog die Vorhänge beiseite. Der Nebel hatte sich ein wenig verzogen, ganz aufgelöst hatte er sich jedoch noch nicht. Immerhin war es schon wieder so hell, dass Rosalie die Umrisse der Sträucher in ihrem Garten erkennen konnte. Das beklemmende Gefühl, das sie fest umklammert hatte, ließ langsam nach.

Auch in der Küche war alles friedlich. Nichts deutete darauf hin, dass jemand in ihr Haus eingedrungen war. Die Panikattacke der letzten Nacht erschien Rosalie zunehmend lächerlich. Gut, dass sie Josh nicht angerufen hatte. Heute hätte sie sich fürchterlich vor ihm für ihre Hysterie geschämt.

Sie betätigte den Lichtschalter. Augenblicklich flammte über ihr die kleine Küchenlampe auf und tauchte den gesamten Raum in ein angenehm warmes Licht. Erleichtert atmete Rosalie einmal tief durch. Anscheinend hatte ihr gestern wirklich nur ein blöder Zufall einen üblen Streich gespielt. Rosalie dachte nicht weiter darüber nach, dass sie das Küchenlicht vor dem Stromausfall nicht ausgeschaltet hatte. Ebenso wenig wie die Lampen im Wohnzimmer oder den Fernseher. Leise vor sich hinsummend füllte sie den Wasserkessel und stellte ihn auf die Herdplatte. Eine schöne heiße Tasse Tee würde den letzten Rest Unbehagen sicherlich vertreiben. Während sie wartete, dass das Wasser zu kochen begann, zog sie das Springrollo vor dem Küchenfenster auf. Der Nebel hatte sich glücklicherweise schon so weit gelichtet, dass sie Herrn Ehlers Haus wieder sehen konnte. Rosalie ließ den Blick weiter nach links schweifen. Die alte Buche war nur schemenhaft zu erkennen. Durch die Nebelschwaden konnte sie jedoch die Konturen von etwas ausmachen, das dort eindeutig nicht hingehörte. Es sah aus, als hinge ein ziemlich großer Sack an einem der Äste. So sehr sie die Augen zusammenkniff, konnte sie jedoch nicht erkennen, um was es sich handelte. Rosalies Neugier war geweckt. Die Angst der letzten Nacht war plötzlich wie weggeblasen.

Entschlossen durchquerte sie das Wohnzimmer und trat hinaus auf die Terrasse. Die feuchte Kälte drang ihr sofort in die Knochen und ließ sie frösteln. Sie schlang die Arme um ihren Oberkörper und ging langsam auf den großen Baum zu. Als sie nur noch wenige Meter entfernt war, sah sie, dass es sich nicht um einen Sack handelte. Von einem der Äste baumelte ein lebloser Körper. Rosalie unterdrückte einen Schrei. Gesicht und Hände des Körpers waren bereits bläulich angelaufen und stark aufgedunsen. Dennoch gab es keinen Zweifel, dass es sich bei dem Toten um ihren Nachbarn handelte.

Rosalie taumelte zurück und kämpfte gegen einen starken Brechreiz an. Ihre Augen füllten sich mit Tränen. Warum hatte der gute alte Herr Ehlers das getan? Wieso hatte er sich ihr nie offenbart? Mit ihr hätte er jederzeit sprechen können, wenn ihn etwas bedrückte.

Das waren also die seltsam dumpfen Geräusche gewesen, die sie gehört hatte. Vielleicht hätte sie das Schlimmste verhindern können, wenn sie sich nicht wie ein kleines Kind verhalten hätte.

Obwohl sie wusste, dass es keine Rettung mehr für ihn gab, rannte sie zurück zum Haus, um einen Krankenwagen zu rufen. Auf der letzten Stufe zur Haustür geriet sie ins Straucheln. Mit Müh und Not konnte sie verhindern, dass sie auf die harten Holzbohlen schlug. Mit pochendem Herzen lief sie auf das Beistelltischchen mit dem Telefon zu, neben dem sie die ganze Nacht gekauert hatte.

Als sie nach dem Telefon greifen wollte, setzte ihr Herz einen Schlag aus. Auf dem Tisch lag ein kleiner Zettel, der gestern mit Sicherheit noch nicht dort gelegen hatte. Mit zittriger Hand griff sie nach dem Stück Papier. In einer schön geschwungenen Handschrift, die Rosalie nicht kannte, stand darauf geschrieben: *Der Alte war nur der Anfang. Wenn der Nebel wiederkehrt, bist du die Nächste.*

Rosalie starrte entsetzt auf die Worte. Die Buchstaben verschwammen vor ihren Augen. Hinter ihr ertönte ein ohrenbetäubendes Pfeifen. Und Rosalie schrie und schrie.

Glück genug

für Bryan C. Kavanagh

Linda und Andy lernten sich vor knapp vierzig Jahren auf einer Tanzveranstaltung kennen. Er war gerade achtzehn geworden und leistete seinen Wehrdienst ab, sie hatte vor wenigen Wochen die Schule beendet und arbeitete nun im Lebensmittelladen ihrer Eltern. Obwohl Linda versuchte sich möglichst erwachsen zu kleiden und sich mit Make up etwas älter zu machen als sie war, sah man ihr die süßen Sechzehn dennoch an. Vielleicht stach sie Andy deswegen sofort ins Auge. Sie saß etwas abseits der Tanzfläche und nestelte nervös an ihrem Rocksaum herum. Bisher hatte noch keiner der jungen Männer sie zum Tanz aufgefordert. Sie hatte die Augen niedergeschlagen und betrachtete eingehend die Schuhspitzen ihrer

Pumps. Nur keine hämischen Blicke auf sich ziehen!

Immer wieder rutschte sie auf ihrem Stuhl hin und her, als könne sie sich nicht entscheiden, ob sie aufstehen und gehen oder lieber bleiben sollte.

„Darf ich bitten?"

Linda zuckte erschrocken zusammen. Als sie den Blick hob, stand ein junger Mann in schmucker Uniform vor ihr. Er hatte die Hand ausgestreckt und wartete offensichtlich darauf, dass sie diese ergriff. Lindas Mund wurde trocken und ihr Puls schnellte unvermittelt in die Höhe. Konnte dieser gutaussehende junge Mann tatsächlich mit ihr tanzen wollen? Oder wollte sich jemand einen Scherz mit ihr erlauben?

Unsicher sah sie sich in alle Richtungen um. All ihre Freundinnen schwebten engumschlungen mit ihren Tanzpartnern über das Parkett. Niemand schien sie zu beachten. Der junge Soldat lächelte sie aufmunternd an. Linda zögerte noch immer. Da ließ der Mann enttäuscht die Hand sinken, murmelte eine

Entschuldigung und wollte sich bereits zum Gehen wenden.

„Nein, warten Sie!", beeilte Linda sich zu sagen. Erwartungsvoll drehte er sich wieder zu ihr um.

„Es tut mir leid", fügte sie hinzu, „ich möchte sehr gerne mit Ihnen tanzen. Ich war nur so überrascht."

Er sah sie erstaunt an: „Wovon?"

„Dass Sie ausgerechnet mich zum Tanz auffordern wollen", antwortete sie und sah beschämt zu Boden.

„Soll das ein Witz sein?", lachte er. „Sie sind mit Abstand das hübscheste Mädchen im ganzen Saal. Ich musste all meinen Mut zusammennehmen, um Sie überhaupt anzusprechen."

„Jetzt nehmen Sie mich aber auf den Arm."

„Ganz und gar nicht", erwiderte er entschieden. „Ich bin sicher, dass Sie nur deswegen so allein hier herumsitzen, weil es allen anderen Männern genauso ergangen ist wie mir."

Wieder hielt er ihr die Hand hin und schenkte ihr sein strahlendstes Lächeln. Auch Linda verzog schüchtern die Lippen zu einem schiefen

Grinsen. Dann stand sie auf und legte ihre Hand in seine. Seine Haut fühlte sich warm an. Er führte sie in die Mitte der Tanzfläche und zog sie sanft näher an sich heran. Dabei achtete er darauf, gerade so viel Abstand zwischen ihnen zu lassen, dass es eben noch schicklich war.

„Ich habe mich noch gar nicht vorgestellt", sagte er schließlich und sah ihr dabei tief in die Augen. „Mein Name ist Andy."

„Ich bin Linda", antwortete sie und erwiderte seinen Blick.

Seine Augen waren von einem derart tiefen Blau, dass ihr für einen Moment die Knie weich wurden. Andy war ein guter Tänzer. Als er sie beinahe zärtlich über die Tanzfläche schob, konnte sie jeden einzelnen Muskel seines Oberkörpers spüren. Am liebsten hätte sie ihre Finger in seinem blonden Bürstenschnitt vergraben, doch natürlich wusste sie, was sich gehörte.

Linda und Andy tanzten den ganzen Abend miteinander, ohne sich auch nur ein einziges Mal aus den Augen zu lassen. Sie redeten nicht viel, aber sie verstanden sich auch ohne Worte.

Ihre Blicke sprachen eine ganz eigene Sprache. Linda wusste nicht, wie viele Stunden seit ihrem ersten Tanz vergangen sein mochten, doch all ihre Freundinnen schienen bereits nach Hause gegangen zu sein, als eine Gruppe Soldaten zu ihnen auf die Tanzfläche kam.

„Hey Andy, kommst du noch mit in ‚Ringos Bar'? Auf einen kleinen Absacker", sagte einer der jungen Männer.

Andy, dessen Blick noch immer auf Linda ruhte, schüttelte den Kopf: „Ein anderes Mal. Heute Abend bin ich schon verabredet."

Seine Kameraden lachten und pfiffen anzüglich durch die Zähne. Derjenige, der ihn angesprochen hatte, klopfte ihm anerkennend auf die Schulter. Als Linda und Andy wieder allein waren, sah er sie forschend an: „Stimmt doch, oder? Wir haben doch eine Verabredung?"

Lindas Augen leuchteten, als sie nickte. Dann fiel ihr ein, dass Andy vielleicht nur höflich sein wollte.

„Wenn Sie lieber mit Ihren Freunden ausgehen, will ich Sie nicht aufhalten", sagte sie leise und senkte zum ersten Mal seit Langem wieder den Blick.

Andy legte sanft seinen Daumen unter ihr Kinn und zwang sie so, ihm wieder in die Augen zu sehen. „Es gibt keinen Ort auf der Welt, an dem ich jetzt lieber wäre, als hier mit Ihnen auf dieser Tanzfläche.“

„Sie müssen wegen mir nicht auf Ihren Männerabend verzichten“, hakte Linda noch einmal nach. „Ich möchte nicht, dass Ihre Freunde böse auf mich sind. Oder auf Sie.“

Andy lächelte sie an. Sein Daumen streichelte zärtlich über ihr Kinn.

„Und wenn schon“, erwiderte er. „Sie und ich, wir haben doch uns. Das ist Glück genug!“ Damit zog er sie fest an sich und küsste sie. Und endlich konnten ihre Finger sich in sein Haar vergraben.

In den kommenden Jahren wurde sein Ausspruch zu einem geflügelten Wort zwischen ihnen. Immer wenn das Schicksal ihnen die Stirn bot oder sich ihnen jemand in den Weg zu stellen versuchte, galt er ihnen als Bekenntnis ihrer innigen, unauslöschlichen Liebe.

Nachdem Andy seinen Wehrdienst abgeschlossen hatte, fiel er vor Linda auf die Knie und hielt um ihre Hand an. Unter Tränen versprach sie ihm, seine Frau zu werden. Andys Eltern jedoch waren wenig begeistert davon, dass ihr Sohn ausgerechnet die Tochter eines armseligen Lebensmittelhändlers ehelichen wollte. Als Bankier hatte sein Vater sich immer eine standesgemäßere Partie für seinen einzigen Nachkommen gewünscht und Andys Mutter war ohnehin nicht gewillt, ihren Prinzen mit einer anderen Frau zu teilen. Als sie einsahen, dass Andy sich seine Liebe zu Linda nicht verbieten lassen würde, schlug ihre Ablehnung ihr gegenüber in Hass um. Sie drohten Andy damit, ihn zu enterben und weigerten sich, zur Hochzeit zu kommen. Linda, die so gerne ein gutes Verhältnis zu ihren Schwiegereltern gehabt hätte, war am Boden zerstört.

„Es tut mir so leid, dass deine Eltern mich hassen", murmelte sie immer wieder, während ihr unablässig Tränen über das Gesicht liefen.

Andy zog sie in seine Arme, küsste sie liebevoll auf die Stirn und sagte: „Du und ich, wir haben doch uns. Das ist Glück genug!"

Linda hatte schon immer davon geträumt, einen ganzen Stall voller Kinder zu haben. Immer wenn sie Andy ansah, durchströmte sie ein warmes Gefühl der Liebe, und der Wunsch, Kinder mit ihm zu haben, wurde von Tag zu Tag größer. Mit jedem Jahr, das ins Land zog, ohne dass Linda schwanger wurde, bekam sie es mehr mit der Angst zu tun. Schließlich konnte Andy das Leid seiner Frau nicht mehr mit ansehen und er vereinbarte für sie beide einen Termin beim Spezialisten. Viele Untersuchungen später hatten sie die Gewissheit, dass Andy uneingeschränkt zeugungsfähig war. Es dauerte einen weiteren Tag bis sie wussten, dass es Linda war, die keine Kinder bekommen konnte. Der große Traum, eine eigene Familie zu gründen, zerplatzte mit einem Schlag wie eine Seifenblase. Für Linda brach eine Welt zusammen. Tagelang verkroch sie sich im Bett, weinte nur noch und war unansprechbar. Auch Andy war traurig, doch für ihn stand seine Frau im Mittelpunkt seines Denkens. Er kuschelte sich zu ihr unter die Bettdecke und wischte ihr mit seinem Hemdsärmel die Tränen aus dem Gesicht.

„Wir müssen akzeptieren, dass es Gottes Wille ist", flüsterte er ihr ins Ohr. „Aber immerhin haben wir uns. Das ist Glück genug!"

In diesem Moment wusste Linda, dass sie Andy immer lieben würde, egal was geschehen mochte. Der Schmerz über ihre Kinderlosigkeit ließ im Lauf der Jahre langsam nach.

*****

Linda sitzt auf dem kalten Kellerboden, die Knie bis unters Kinn gezogen, zusammengekauert und zitternd. Eine einzelne Glühbirne wirft spärliches Licht von der Decke. Es riecht muffig nach abgestandener Luft, Heizöl und ein wenig auch nach Schimmel. Linda vergräbt das Gesicht in den Händen. Wie konnte es nur so weit kommen? Gestern noch war sie so glücklich und jetzt weiß sie nicht mehr, wo ihr der Kopf steht. Das alles hatte sie aber auch wie ein Blitz aus heiterem Himmel getroffen.

Als Andy von der Arbeit nach Hause kam, setzte er sich zu ihr auf das Sofa, nahm ihre Hand und sagte ihr ohne Umschweife, dass er sie verlassen würde. Zunächst hielt sie es für einen Scherz. Keinen besonders guten, zugegeben. Aber dass Andy es ernst meinen könnte, war vollkommen ausgeschlossen.

„Was redest du denn da?", fragte sie ihn und lachte.

„Es tut mir leid, Linda, aber ich habe jemanden kennen gelernt."

„Was soll das heißen? Du lernst doch andauernd neue Leute kennen!"

„Eine Frau", versuchte er ihr auf die Sprünge zu helfen. „Ich liebe sie und will mit ihr zusammen sein."

Als Linda die Tragweite seiner Worte klar wurde, verschlug es ihr die Sprache. Wortlos stand sie auf und ging in die Küche, um das Abendessen vorzubereiten. Beim Blick in den Kühlschrank stellte sie fest, dass sie keine

Erbsen mehr hatte. Normalerweise würde sie nun Andy in den Keller schicken, um dort welche aus der Gefriertruhe zu holen. Das erschien ihr unter den gegebenen Umständen allerdings unangebracht. Sie würde wohl oder übel selbst nach unten gehen müssen. Als sie sich umdrehte, stand Andy in der offenen Kellertür und versperrte ihr den Weg.

„Würdest du mich bitte durchlassen", presste sie zwischen den Zähnen hervor.

„Linda, lass uns doch wenigstens darüber reden."

„Was gibt es denn da zu reden?" Sie merkte selbst, wie schrill ihre Stimme klang.

„Es tut mir wirklich leid, aber du weißt doch selbst, dass man gegen seine Gefühle machtlos ist!", versuchte Andy sich zu erklären.

Linda sah ihren Mann von oben bis unten an. An seiner muskulösen Statur von damals hatte sich bis heute nichts geändert. Seine Augen waren noch immer so blau wie der Ozean. Nur sein blondes Haar war ergraut und schütter geworden. Ein tiefes Gefühl der Liebe durchströmte sie, so stark, dass es wehtat.

Doch dieses Mal war es gepaart mit grenzenloser Wut und Enttäuschung.

„Geh mir aus dem Weg!", schrie sie und schlug Andy mit beiden Händen vor die Brust. Überrascht von ihrer Heftigkeit, verlor er das Gleichgewicht. Mit weit aufgerissenen Augen stürzte er nach hinten und die steile Keilertreppe hinunter. Am Fuß der Treppe schlug er hart mit dem Kopf auf und blieb reglos liegen. Linda hielt vor Schreck den Atem an. Vorsichtig stieg sie die Stufen hinunter und blieb vor dem seltsam verdrehten Körper ihres Mannes stehen. Ein leises Stöhnen entrang sich seiner Kehle und Linda wich erschrocken einen Schritt zurück.

Wie in Trance stieg sie über ihn hinweg und ging hinüber zur Gefriertruhe, um die Erbsen zu holen. Als ihr Blick in die halbleere Truhe fiel, wusste sie, was zu tun war. Sie griff nach dem Spaten, der an der Wand neben der Treppe lehnte, und ging damit hinüber zu Andy, der kaum noch bei Bewusstsein zu sein schien. Sie hob den schweren Spaten so weit wie möglich über ihren Kopf und ließ ihn mit voller Wucht nach unten sausen. Einmal. Zweimal. Dreimal.

Erst als sie sicher war, dass Andy tot war, hielt Linda inne. Wie sie es geschafft hatte, ihren Mann in die Gefriertruhe zu hieven, konnte sie im Nachhinein nicht mehr sagen. Doch anschließend war sie zu Boden gesunken und hatte sich zusammengekauert.

Das Licht der Glühbirne flackert und reißt Linda aus ihren Gedanken. Sie friert. Es ist kalt hier unten im Keller. Außerdem riecht es unangenehm. Nach abgestandener Luft, Heizöl und ein wenig nach Schimmel. Langsam steht sie auf und zieht sich dabei an der Gefriertruhe nach oben. Andy liegt friedlich zwischen den Erbsen und den Tiefkühlpizzen. Zärtlich vergräbt Linda ihre Finger in seinem Bürstenschnitt. Als sie die Hand wegzieht, sind ihre Finger rot. Sie hat ihm alles vergeben. Sie weiß, dass ihm leid tut, was er vorhin gesagt hat. Natürlich gibt es keine andere Frau in seinem Leben, für die er sie verlassen würde. Ihre Liebe zueinander ist stärker als der menschliche Verstand es jemals ermessen könnte. Linda beugt sich zu ihm hinunter und sieht ihm ein letztes Mal tief in die Augen. Ein wenig von ihrem Glanz haben sie verloren. Das Blau scheint verblasst zu sein. In seinem Blick meint Linda Bedauern erkennen zu können.

„Aber Liebling, du musst nicht traurig sein", flüstert sie und haucht ihm einen zarten Kuss auf die Wange. „Wir haben doch uns. Das ist Glück genug!"

Als ihre Lippen seine eiskalte, wächserne Haut berühren, erschauert sie.

Einladung zum Maskenball

Mit vor Aufregung zitternden Händen stand sie in der Küche und las zum wahrscheinlich hundertsten Mal die kleine Karte, die sie vor etwas mehr als einer Stunde aus ihrem Briefkasten gefischt hatte. „Einladung zum barocken Maskenball auf Schloss Greifenfels. Einlass nur maskiert", stand in verschnörkelten goldenen Buchstaben auf dem dicken, handgeschöpften Papier.

Carolina konnte ihr Glück kaum fassen. War eine Einladung zum Ball doch gleichzusetzen mit einem gesellschaftlichen Aufstieg erster Güte. Seit Jahren hatte sie gehofft, dass auch ihr endlich einmal diese Ehre zuteil werden würde, doch ihr Sehnen war vergeblich gewesen. Niemand wusste so genau, nach welchen Kriterien die Gäste ausgewählt wurden, aber für Carolina stand fest, dass nur die hübschesten jungen Frauen in Betracht gezogen wurden. Da sie sich sicher gewesen war, nicht den optischen Anforderungen der Gastgeber zu entsprechen, hatte sie in den letzten Monaten einiges an Zeit und Geld investiert, um sich selbst und ihren Körper ins rechte Licht zu setzen. Der tägliche Gang ins Fitnessstudio hatte ebenso dazugehört wie eine Nasenkorrektur im vergangenen Sommer oder eine Aufpolsterung der Wangenknochen Anfang September. Ende des Jahres hatte sie sich schließlich noch die Brüste machen lassen. Nun fühlte sie sich vollkommen. Dass ausgerechnet jetzt die Einladung zum meistbeachteten Maskenball der Region hereingeflattert war, bestätigte Carolina darin, alles richtig gemacht zu haben. Sobald sie auf Schloss Greifenfels Kontakte zur besseren Gesellschaft geknüpft haben würde, stünden ihr endlich alle Türen offen. Möglicherweise könnte sie dann endlich als Model Fuß fassen oder gar in die Filmbranche einsteigen. Mit etwas Glück würde sie noch dazu den Mann fürs Leben kennen lernen, der mit einem beeindruckenden Bankkonto ausgestattet war. Hier, in ihrem alten langweiligen Leben, hielt sie ohnehin nichts mehr. Ihre Eltern hatten ihr nie mehr zugetraut als eine mittelklassige Ausbildung zur Bürokauffrau. Die Männer, mit denen sie ausgegangen war, hatten ihre Erwartungen bei Weitem nicht erfüllen können. Weder sexuell noch finanziell. Selbst ihre beste Freundin Sandra entpuppte sich mehr und mehr als prüdes Mauerblümchen ohne jeden Esprit. Carolinas körperliche Veränderungen hatte sie zwar nicht abgelehnt, aber eben auch nicht gutgeheißen.

„Du bist hübsch genug, so wie du bist", hatte Sandra ihr ein ums andere Mal gepredigt. Dabei wussten sie beide, dass hübsch allein heutzutage schon lange nicht mehr genug war.

Als sie ihre Freundin vorhin vollkommen euphorisch angerufen hatte, um ihr von der Einladung zu erzählen, war Sandras Reaktion ernüchternd gewesen. „Das ist doch nur eine Swinger-Party für alte geile Böcke, die auf der Suche nach Frischfleisch sind", hatte sie spitz gemeint.

Carolina war angesichts von so viel Ignoranz fassungslos gewesen. Immerhin überschlug sich die Presse jedes Jahr aufs Neue vor Lobeshymnen und schon mehrere bis dato völlig unbekannte junge Frauen hatten nach ihrem Erscheinen auf dem Maskenball eine großartige Karriere gestartet.

„Wie kommst du nur auf solch schändliche Gedanken?", hatte Carolina gefragt.

„Was glaubst du wohl, warum dort ausnahmslos junge Dinger mit großen Titten eingeladen werden?", hatte Sandra mit einer Gegenfrage geantwortet. „Denkst du ernsthaft, das wären die talentiertesten Frauen unseres Landes?" Ihre Freundin hatte ein hämisches Lachen ausgestoßen, ehe sie weitersprach: „Na ja, ein gewisses Talent werden sie mit Sicherheit haben."

Carolina waren Tränen der Wut in die Augen gestiegen. Ohne ein weiteres Wort hatte sie das Telefonat beendet. Auch ihre Freundschaft zu Sandra stand unter diesen Umständen wohl vor dem Aus. Warum konnte sie ihr diesen Erfolg nicht einfach gönnen? War Sandra etwa eifersüchtig, weil sie selbst keine Einladung erhalten hatte? Ihre Worte hatten Carolina zutiefst verletzt. Hielt Sandra sie etwa für ein ordinäres Flittchen, dass mit jedem ins Bett steigen würde, um ihre Karriere zu fördern? Carolina wusste eben, ihre neuerworbenen Reize zu ihren Gunsten einzusetzen. Erfolg um jeden Preis, sei er noch so hoch, kam für sie hingegen nicht in Frage. Langsam wurde sie wieder ruhiger. Nun galt es, ein passendes Kostüm zu besorgen. Sie wischte sich die verlaufene Wimperntusche weg und zog ihren Lidstrich nach.

Der Maskenball auf Schloss Greifenfels fand traditionell am Rosenmontag statt. Als das Taxi das schmiedeeiserne Tor passierte und auf der breiten gekiesten Auffahrt an schneebedeckten Büschen und Hecken vorbeifuhr, waren Carolinas Hände schweißnass und ihr Herz schlug bis zum Hals. Dieser Abend würde möglicherweise über ihr ganzes weiteres Leben entscheiden. Angespannt rutschte sie auf der Rückbank des Wagens hin und her. Der Stoff ihres Kostüms raschelte. Am Wochenende hatte sie das traumhaft schöne dunkelblaue Samtkleid im Barockstil in einem Kostümverleih entdeckt. Mit dem ausladenden Reifrock passte sie kaum in das Taxi. Die Metallstäbchen der etwas zu eng geschnürten Korsage drückten beim Sitzen. Dafür kam so ihr neuer Busen umso besser zur Geltung. Sogar eine passende Perücke hatte sie sich besorgt. Das weiße Kunsthaar war zu einer imposanten Hochsteckfrisur aufgetürmt.

In einigen hundert Metern Entfernung tauchte Schloss Greifenfels vor ihnen auf. Alle Zimmer des riesigen Gebäudes waren hell erleuchtet und mehrere Fackeln verliehen dem Aufgang zum Eingangsportal einen warmen, einladenden Glanz. Für einen Moment hielt Carolina die Luft an. Bisher hatte sie das Schloss nur in diversen Illustrierten gesehen. Der eindrucksvolle Anblick, der sich ihr nun bot, war atemberaubend. Peinlich genau auf den Sitz ihrer künstlichen Frisur bedacht, schob sie sich umständlich eine dunkelblaue Maske über die Augen. Die langen weißen Federn, die daran angebracht waren, kitzelten sie an der Stirn.

Das Taxi hielt unmittelbar vor dem Schloss. Ein Diener in Livree öffnete ihr die Autotür. Als sie Anstalten machte, ihre Handtasche zu öffnen, reichte er ihr die Hand und sagte: „Die Fahrt geht aufs Haus, Madame!"

Überrascht lächelte sie ihn an, stieg aus und ließ sich von ihm die Stufen zum Eingang hinaufführen. In der Empfangshalle übergab er sie an einen weiteren Diener, der sie in den Saal bringen sollte. Überwältigt von all dem Prunk sah Carolina sich um. Allein die Empfangshalle war größer als das kleine, miefige Haus ihrer Eltern. Riesige Kristallleuchter hingen von der meterhohen, stuckverzierten Decke herab, an den Wänden prangten Gemälde, welche die ehemaligen Schlossherren zeigten, und soweit das Auge reichte war alles mit feinstem Marmor verschiedener Farben und Texturen ausgestattet.

Als sie die Halle durchquert hatten, kamen sie an ein großes, zweiflügeliges Portal, das sich wie von Zauberhand zu öffnen schien. Der Diener geleitete sie in den Ballsaal, der noch atemberaubender war als das bisher Gesehene. Zwar ähnelte er in Stil und Ausstattung der Empfangshalle, allerdings war er mindestens zehnmal so groß. Die Gemälde wurden von schweren Wandteppichen abgelöst und sämtliche Zierelemente schienen aus purem Gold zu bestehen. Auf der dem Garten zugewandten Seite reihte sich ein großes, beinahe deckenhohes Fenster an das andere. Davor hingen dunkelrote Samtvorhänge. An allen vier Wänden stand eine Vielzahl an barocken Sitzbänken und Chaiselonguen bereit. Auch sie waren goldverziert und mit dunkelrotem Samt bezogen. Einige davon waren bereits von jungen Frauen in ausladenden Kleidern besetzt. Zu manchen hatte sich bereits ein Herr gesellt.

Ein älterer Herr in Uniform kaum auf Carolina zu. Sein Gesicht wurde, wie das aller übrigen Anwesenden, von einer Maske verdeckt.

„Graf Ullstein. Ich bin Ihr Gastgeber am heutigen Abend", stellte er sich mit einer tiefen Verbeugung vor. „Darf ich Ihnen etwas zu trinken anbieten?"

„Sehr gern." Carolina deutete einen Knicks an. Während Graf Ullstein sich entfernte, nutzte sie die Gelegenheit, die anderen Frauen im Saal genauer in Augenschein zu nehmen. Viele der Mädchen schienen körperlich noch weit mehr aufgerüstet zu haben als Carolina selbst. Die ein oder andere umwehte bereits ein Hauch von Glamour. Sie entdeckte aber auch einige unscheinbare, flachbrüstige graue Mäuse, bei denen sie sich beim besten Willen nicht erklären konnte, warum ausgerechnet sie eine Einladung zum Ball erhalten hatten. Schließlich fiel ihr Blick auf eine seltsame Gestalt, die beinahe bewusstlos auf einer der Chaiselonguen zu liegen schien. Ihr dünner, ausgemergelter Körper steckte in einem schlecht sitzenden schwarzen Kleid. Eine ihrer Brüste hatte sich aus dem Mieder gelöst und war bis zur Brustwarze freigelegt. Sie wirkte wie ein Junkie auf Carolina. Möglicherweise war sie aber auch einfach nur schrecklich betrunken. Obwohl ein furchtbarer Ekel in ihr aufstieg, konnte sie den Blick nicht von der Fremden abwenden.

Plötzlich ging ein Ruck durch die junge Frau, sie richtete sich halb auf und starrte Carolina aus geröteten Augen an. Dann ließ sie sich wieder zurück auf die Chaiselongue sinken.

In diesem Moment trat ein Mann im dunklen Anzug zu der Fremden und setzte sich neben sie. Obwohl die Frau keinerlei Reaktion auf seine Anwesenheit zeigte, beugte er sich über sie und umschloss ihre freiliegende Brustwarze mit seinen Lippen. Als sich seine Hand unter ihr Kleid schob und zwischen ihren Beinen verschwand, musste Carolina sich angewidert abwenden. War diese Frau etwa eine Prostituierte?

Sie war froh, als Graf Ullstein endlich mit einem Glas Champagner auf sie zukam. In seiner Begleitung befand sich ein großgewachsener, dunkelhaariger Mann im schwarzen Smoking. Hinter seiner ebenfalls schwarzen Maske konnte Carolina strahlend blaue Augen erkennen. Der Fremde trat einen Schritt auf sie zu, ergriff ihre Hand und deutete einen Handkuss an: „Graf Ullstein hat nicht zu viel versprochen. Sie sind wirklich von unvergleichlicher Schönheit."

Carolina merkte, wie sie errötete. Verlegen schlug sie die Augen nieder, konnte sich ein Lächeln jedoch nicht verkneifen.

„Ich bin Frank", fügte er, noch immer ihre Hand haltend, hinzu.

„Carolina", presste sie nervös hervor. Noch nie hatte ein Mann solch eine elektrisierende Wirkung auf sie gehabt.

Graf Ullstein reichte ihr den Champagner, verbeugte sich erneut und zog sich dann dezent zurück.

„Darf ich Ihnen am heutigen Abend Gesellschaft leisten?", fragte Frank und sah ihr dabei tief in die Augen.

„Natürlich. Es wäre mir eine Ehre", antwortete Carolina und spürte, wie ihre Knie weich wurden.

Sie prosteten sich mit ihren Champagnergläsern zu und Frank führte sie zu einer Sitzbank an der dem Garten zugewandten Seite. Erleichtert stellte Carolina fest, dass ihr von hier aus die Sicht auf die furchtbar abstoßende Frau im schwarzen Kleid verdeckt war.

Die nächsten zwei Stunden verbrachten die beiden damit, sich angeregt zu unterhalten. Frank interessierte sich sehr für Carolina und ihr

Leben. In regelmäßigen Abständen trat ein Diener zu ihnen, um ihnen neuen Champagner zu reichen. Langsam fühlte Carolina sich etwas beschwipst. Doch andererseits nahm der Alkohol ihr etwas von ihrer Aufregung. Ein ums andere Mal forderte Frank sie auch zum Tanz auf. Er war ein hervorragender Tänzer und nach jeder Runde sank sie erschöpft, aber glücklich zurück auf die Bank. Carolina fiel auf, dass einige der männlichen Gäste ihnen immer wieder neugierige Blicke zuwarfen. Auch Graf Ullstein schien sie fest im Blick zu haben. Carolina fühlte sich geschmeichelt. Sie hatte das Gefühl, dass alle in freudiger Erwartung waren, ob aus Frank und ihr etwas werden würde. Möglicherweise war der ein oder andere ihrer Beobachter auch etwas enttäuscht, dass Frank ihm bei ihr zuvorgekommen war. Ein nie zuvor gekanntes Glücksgefühl durchströmte ihren gesamten Körper. Sie wusste, dass sie drauf und dran war, sich Hals über Kopf in Frank zu verlieben. Auch in seinen tiefblauen Augen schien ein besonderer Glanz zu liegen, wenn er sie ansah.

„Ich würde wahnsinnig gern etwas Zeit mit dir allein verbringen", raunte Frank ihr schließlich ins Ohr und berührte sie dabei sanft am Arm.

Carolinas Herz machte einen Sprung. Endlich war sie am Ziel all ihrer Träume angelangt. Sie nickte leicht, um ihm zu signalisieren, dass es ihr ebenso erging. Frank stand auf und reichte ihr seine Hand.

„Ich würde mich zuerst noch gern ein wenig frisch machen", flüsterte Carolina ihm zu. Er schenkte ihr sein strahlendstes Lächeln und zeigte ihr den Weg zu den Toiletten.

Sie stand am Spiegel, trug etwas Rouge auf und zog ihren Lippenstift nach, als plötzlich die Frau im schwarzen Kleid aus einer der Kabinen kam. Sie sah aus, als hätte sie sich eben einen frischen Schuss gesetzt. Sie wankte auf Carolina zu, packte sie am Handgelenk und wirbelte sie zu sich herum. Ein stechender Schmerz durchfuhr Carolinas Unterarm und sie schrie entsetzt auf. Die Frau starrte sie aus ihren blutunterlaufenen Augen lange an.

„Wag es nicht noch einmal, mich so abschätzig anzusehen!", zischte sie. „Warts ab, wie du aussiehst, wenn sie mit dir fertig sind!"

Carolina traten Tränen in die Augen. Was wollte diese unmögliche Person von ihr? Sie machte ihr Angst. Außerdem hatte sie keine Ahnung, wovon die Fremde sprach. Verzweifelt riss sie sich los und stürmte aus der Toilette. Im Flur wäre sie beinahe mit Frank zusammengestoßen.

„Na, meine Hübsche", begrüßte er sie und legte ihr sanft einen Arm um die Hüfte. Sofort wurde Carolina ruhiger und ihre Muskeln entspannten sich. Bei Frank fühlte sie sich sicher und der Angriff der Fremden war vergessen.

Frank führte sie in einen gemütlich eingerichteten Salon. Die Wände waren mit dunklem Holz verkleidet. Überall standen schwere Ledersessel und im offenen Kamin brannte ein knisterndes Feuer. Auf kleinen, mit wunderschönen Schnitzereien verzierten Beistelltischchen standen bauchige Lampen, die den Raum in ein heimeliges Licht tauchten.

Frank zog sie fest an sich und sah ihr tief in die Augen. Seine Hand streichelte zärtlich über ihre Wange, ehe er sie leidenschaftlich küsste. Sofort verspürte Carolina ein heißes Ziehen im Unterleib. Ihr Herzschlag beschleunigte sich und erneut wurden ihr die Knie weich. Als sie sich noch enger an Frank schmiegte, konnte sie seine Erregung an ihrem Bauch spüren und ein leises Stöhnen entrang sich ihr.

Minutenlang verharrten sie eng umschlungen und küssten sich, als wollten sie sich nie wieder voneinander lösen. Noch immer liebkosten Franks Finger ihre Wange, während er ihr mit der anderen Hand sanft über den Rücken strich. Seine Berührungen brachten Carolina fast um den Verstand.

Als sie schließlich voneinander ließen, lag ein seltsamer Ausdruck in Franks Blick, den Carolina nicht zu deuten wusste. Ein anzügliches Grinsen umspielte seine Lippen.

Plötzlich packte Frank sie am Nacken und riss ihren Kopf nach hinten. Ehe sie wusste, wie ihr geschah, biss er sie in den Hals. Gleichzeitig griff er ihr mit der anderen Hand grob in den Ausschnitt und riss ihre rechte Brust aus der Korsage. Carolina stöhnte erneut auf, doch dieses Mal vor Schmerz.

„Frank, was ist denn in dich gefahren?", presste sie hervor und versuchte, sich ihm zu entwinden. Doch weder in ihrem Nacken noch an ihrer Brust lockerte er seinen Griff. Stattdessen begann er nun, ihren Busen wie wild zu kneten. Die Schmerzen lösten in Carolina eine unbändige Wut aus.

„Lass das!", schrie sie und schubste Frank mit aller Kraft von sich weg. Überrascht taumelte er zurück. Dann lachte er.

„Stell dich doch nicht so an!", meinte er belustigt und streckte erneut die Hand nach ihr aus. Carolina schlug seinen Arm zur Seite. Da verpasste er ihr eine schallende Ohrfeige. Carolina spürte, wie ihre Unterlippe aufplatzte. Ungebremst fiel sie zu Boden und schlug mit dem Kopf hart auf dem Parkett auf. Ein stechender Schmerz durchzuckte ihren Schädel und sie hatte Angst, ohnmächtig zu werden. Kurz wurde ihr schwarz vor Augen. Als sie wieder klar sah, kniete Frank über ihr. Er riss ihr die Arme über den Kopf und fixierte sie mit seiner linken Hand auf dem Boden. Mit seiner Rechten holte er nun auch ihre andere Brust aus dem Ausschnitt. Carolina zitterte am ganzen Körper vor Angst. In Panik schrie sie so laut sie konnte. Frank verpasste ihr eine weitere Ohrfeige.

Aus dem Augenwinkel sah sie, dass sich die Tür zum Salon öffnete und eine Gruppe Männer hereinkam. Carolinas Herz setzte vor Erleichterung einen Schlag aus. Gott sei Dank kam ihr endlich jemand zu Hilfe!

„Bitte helfen Sie mir! Ich will das nicht", sprach sie die Umstehenden direkt an, um keine Zweifel an ihrer Situation zu lassen.

Die Männer lachten. Carolinas Magen zog sich zusammen. Sie begriff, dass ihr niemand helfen würde. Tränen schossen ihr in die Augen.

Mit einem Ruck schob Frank den Rock ihres Kleides nach oben und setzte sich auf ihre Knie, damit sie sich nicht wehren konnte. Carolina versuchte dennoch sich frei zu strampeln, aber sie hatte keine Chance. Sie spürte, wie seine Finger, die sie vor wenigen Minuten noch so in Ekstase versetzt hatten, an der Innenseite ihres Oberschenkels nach oben strichen. Jetzt wurde ihr von Franks Berührungen schlecht. Doch nun war es zu spät. Frank würde sie vergewaltigen und die anderen würden dabei zusehen. Grob riss er ihr Höschen zur Seite. Seine Finger bohrten sich schmerzhaft in ihre Scham. Carolina schrie auf. Mittlerweile weinte sie hemmungslos. Die Tränen quollen unter ihrer dunkelblauen Maske mit den weißen Federn hervor. Ein letztes Mal sah sie ihm flehend in die Augen. Doch sein lüsterner Blick verriet ihr, dass er keine Gnade kannte. Sie schloss die Augen und drehte den Kopf zur Seite, um ihn nicht länger ansehen zu müssen.

„Los, Frank, mach schon!", hörte sie einen der Männer rufen. Sie glaubte die Stimme von Graf Ullstein zu erkennen. „Reit die kleine Schlampe für uns ein!"

Erst jetzt wurde Carolina klar, dass Frank nicht der einzige sein würde, der sie vergewaltigte. Jeder der Anwesenden würde ihr dasselbe antun. Die Worte der Fremden im schwarzen Kleid kamen ihr noch einmal in den Sinn: „Warts ab, wie du aussiehst, wenn sie mit dir fertig sind!"

Die Erkenntnis, die sie traf, riss ihr endgültig den Boden unter den Füßen weg. Sandra hatte von Anfang an recht gehabt. Der Maskenball wurde nur zu diesem einen Zweck veranstaltet. Sie kniff die Augen noch fester zusammen. Unablässig liefen ihr Tränen über die Wangen. Ihr Körper versteifte sich, als sie merkte, dass Frank an seiner Hose herumnestelte. Die umstehenden Männer begannen zu johlen. Angestachelt von ihren Anfeuerungsrufen biss Frank ihr in die Brustwarze. Ein unvorstellbarer Schmerz explodierte in ihrem Körper. Als er grob in sie eindrang, verlor sie endlich das Bewusstsein.

Reine Kopfsache

für einen gewissen Donald T.

Er stand vor der gut zehn Meter hohen Mauer und starrte den glatten Beton an, während seine Schuhspitzen Kreise in den staubigen Boden des Hofes malten. Bis zur gegenüberliegenden Mauer mochten es sicherlich hundert Meter sein. In der Breite maß die Fläche nicht viel weniger. Dennoch fühlte er sich eingeengt und ein beklemmendes Gefühl lag schwer auf seiner Brust. Seit achtzehn Monaten saß er nun schon ein, was nicht einmal einem Zwanzigstel seiner zu verbüßenden Haftstrafe entsprach. Und dabei musste er noch froh sein, dass sie ihn nicht zum Tode verurteilt hatten. Er legte die Stirn an die Betonwand. Sie fühlte sich kühl an, obwohl die Sonne vom Himmel brannte. Diese Kühle war es auch, die ihm schmerzlich seine eigene Begrenztheit aufzeigte.

Alles hatte damit begonnen, dass er sich 2010 der Customs and Border Protection angeschlossen hatte, dem Grenzschutz, der unter anderem die amerikanische Grenze zu Mexiko sicherte. Er war für den Abschnitt in der Sonora-Wüste zuständig, wo er in wechselnden Zehn-Stunden-Schichten mit einem Kollegen in einem Geländewagen saß und auf den Grenzzaun starrte. Dieser Zaun bestand aus unzähligen Stahlstreben, jede zwanzig Zentimeter breit, mit einem ebenso großen Abstand zueinander. Das ermöglichte es den Grenzschützern, bereits von ihrem Jeep aus zu sehen, was auf der mexikanischen Seite vor sich ging. Man hätte sich auch an den Zaun stellen und einem dieser verdammten Wetbacks die Hand schütteln können.

"Nenn sie nicht so!", hatte seine Frau ihn nicht nur einmal ermahnt. „Das sind Menschen wie du und ich. Ihre Kinder könnten unsere Kinder sein.“

Er wusste, dass sie recht gehabt hatte. Aber mit Mitleid und Nächstenliebe kam man in seinem Job nicht weit. Andererseits, wie weit er mit seinem Hass und dem blinden Gehorsam gekommen war, konnte er jetzt - mit der Stirn an der kalten Mauer - fühlen.

Er hatte einen Fehler gemacht. Einen schlimmen Fehler, zugegeben. Aber solange er brav potenzielle illegale Einwanderer und Drogenschmuggler abgeknallt hatte, war er ein Held gewesen. Nun hatten sie ihn fallen gelassen. Schlimmer noch, sie hatten ihn hier weggesperrt.

Er hatte nie einen Hehl daraus gemacht, dass er auf mehrere Mexikaner geschossen hatte, die versuchten, unerlaubt die Grenze zu überqueren. Mit einem durchschossenen Unterschenkel konnten sie nicht mehr davonlaufen und waren leichter dingfest zu machen.

Einmal übertrieb er es etwas. Ein junger Kerl wagte sich nahe an den Grenzzaun heran und bewarf ihn und seinen Kollegen mit faustgroßen Steinen. Als einer der Brocken die Motorhaube ihres Jeeps traf, brannten ihm die Sicherungen durch. Er feuerte wild drauflos und durchsiebte den Mexikaner förmlich mit Kugeln. Später stellte sich heraus, dass der Junge erst sechzehn gewesen war. Beinahe noch ein Kind. Er war nicht stolz darauf, einen Menschen getötet zu haben, aber er wusste, dass er es in einer ähnlichen Situation wieder genauso machen würde. Seine Frau hingegen war außer sich vor Zorn und drohte sogar, ihn zu verlassen.

„Es ist meine Pflicht, diese Grenze zu schützen", versuchte er ihr zu erklären.

„Diese verdammte Grenze existiert doch nur in euren Köpfen", schrie sie.

Er sah sie verständnislos an. Was redete sie für einen Unsinn? Die Grenze zu Mexiko war so real wie sie nur sein konnte. Und es war seine Aufgabe, sie mit allen Mitteln zu schützen.

„Jede Grenze, jede Beschränktheit entsteht aus diffusen Ängsten der Menschen", sagte seine Frau. „Aber diese Angst, egal ob unbegründet oder nicht, ist reine Kopfsache. In der Natur gibt es diese Grenzen doch gar nicht. Wir ziehen Zäune, errichten Mauern und meinen, uns damit vor unseren Ängsten schützen zu können. Aber hast du dich auch nur einmal gefragt, welche Ängste diese Menschen hinter deinem Grenzzaun quälen?"

Er musste nicht lange überlegen. Natürlich hatte er nie darüber nachgedacht. Für ihn waren diese Menschen, die ungebeten über die Grenze kommen wollten, nichts weiter als Abschaum. Es interessierte ihn nicht, was sie umtrieb, worum sie sich sorgten.

In jener Nacht flehte seine Frau ihn an, sich einen anderen Job zu suchen. Doch für ihn war es unvorstellbar, kein Teil der CBP mehr zu sein. Er war sich keiner Schuld bewusst, schließlich hatte er im Sinne der Regierung und für sein Land gehandelt. Als nicht einmal Anklage gegen ihn erhoben wurde, wusste er, dass er die richtige Entscheidung getroffen hatte.

Ein halbes Jahr lang gab es keine unangenehmen Zwischenfälle mehr. Bis zu jener Nacht, als plötzlich alles außer Kontrolle geriet. Wie immer saß er mit einem Kollegen im Geländewagen und hielt die Augen offen. Das Areal rund um den Grenzzaun war weiträumig ausgeleuchtet, so dass sie den heranstürmenden Mann schon von Weitem entdeckten. Er stieg aus und entsicherte sein Gewehr: „Grenzsicherung! Bleiben Sie stehen!"

Der Mann lief mit unverminderter Geschwindigkeit weiter, als hätte er ihn gar nicht gehört. Noch einmal rief er: „Bleiben Sie sofort stehen oder ich werde schießen!"

Keine Reaktion. Nur noch wenige Meter trennten den Mann vom Grenzzaun.

In Sekundenbruchteilen traf er eine fatale Entscheidung und schoss. Einmal. Zweimal. Der Mann sackte in sich zusammen, fiel hin und bleib reglos im Staub liegen. Sein erster Gedanke war, dass er nun schon den zweiten Menschen auf dem Gewissen hatte und dass seine Frau ihm die Hölle heiß machen würde. Zwölf Stunden später wurde er festgenommen.

Der Erschossene entpuppte sich als Soldat der US Army. Warum er in Zivil in Mexiko gewesen und wie ein Wahnsinniger auf den Grenzzaun zugerannt war, ohne den Befehlen der Grenzschützer Folge zu leisten oder sich zumindest zu erkennen zu geben, blieb ein Rätsel. Zumindest ihm sagte man es nicht. Entscheidend war einzig und allein, dass er grundlos einen amerikanischen Staatsbürger erschossen hatte. Noch dazu einen Soldaten, der sich um sein Land verdient gemacht hatte. Nur der Umstand, dass er ihn für einen illegalen Einwanderer gehalten hatte und seiner Amtspflicht hatte nachkommen wollen, bewahrte ihn vor der Giftspritze. Stattdessen verurteilten sie ihn zu vierzig Jahren Haft.

Hier stand er nun, die Stirn an die Betonmauer gepresst, eingepfercht wie ein Stück Vieh. Er wusste, dass der kleinste Ausbruchsversuch genügen würde, um ihn von einem der Wachtürme aus abzuknallen. Zum ersten Mal, seitdem er seinen Dienst bei der CBP angetreten hatte, gelang es ihm, sich in diejenigen hineinzuversetzen, die er mit allen Mitteln aus seinem Land hatte fernhalten wollen.

„Die Grenze entsteht im Kopf", hatte seine Frau ihm mehr als einmal gepredigt. Die Grenze entsteht im Kopf. Seine Finger fuhren über den kühlen Beton. So real diese Mauer auch war, die Ausgegrenztheit, in der er bis ins hohe Alter gefangen sein würde, hatte dennoch ihren Ursprung in seinem Denken genommen. Die

Grenze entsteht im Kopf. Jetzt war es zu spät. Er biss sich auf die Unterlippe, legte seine Hände an den Kopf, um sich die Schläfen zu massieren und sagte es sich immer und immer wieder wie ein Mantra vor: Die Grenze entsteht im Kopf.

Das Haus am See

für Patrick Osborn

Ein Tag im September

Der ätherische Geruch von Nadelbäumen und Wildblumen lag in der Luft. Ron Heller saß mit nacktem Oberkörper auf der Veranda und ließ seinen Blick über die Lichtung schweifen, auf der sein Häuschen stand. Die Sonnenstrahlen bedeckten die Oberfläche des glasklaren Sees mit einem gleißenden Glitzern und er kniff die Augen zusammen, um nicht geblendet zu werden. Obwohl es früh am Morgen war, kündigte sich die Hitze des bevorstehenden Tages an. Die umstehenden Bäume würden jedoch noch einige Stunden für angenehme Kühle sorgen. Ron lehnte sich in seinem Schaukelstuhl zurück, griff zur Bierflasche und nahm einen tiefen Schluck. Lächelnd ließ er die Szenerie auf sich wirken. Mit seiner eigenen Hände harter Arbeit hatte er für seine Familie dieses Paradies geschaffen. Vor knapp sieben Jahren hatte er das schmucke Holzhaus inmitten dieses Wäldchens, direkt am See, gebaut. Jackie-Oh war damals ein Baby gewesen.

Auch heute noch waren Haus und Garten Rons ganzer Stolz. Zufrieden betrachtete er den frischen weißen Anstrich von Außenfassade und Veranda sowie den sorgfältig getrimmten Rasen.

Ein Knarren riss ihn aus seinen Gedanken. Nackte Füße trippelten über die Veranda, dann fiel die Fliegengittertür zurück ins Schloss. Jackie schlang ihre gebräunten Arme von hinten um seinen Hals und drückte ihm einen feuchten Schmatz auf die Wange. Als Ron sich zu seiner Tochter umdrehte, funkelten ihre Augen freudig.

„Darf ich mit dem Boot auf den See hinausfahren, Daddy?"

„Hast du denn deine Hausaufgaben für Montag schon gemacht und dein Zimmer aufgeräumt, Liebes?"

Seufzend schüttelte sie den Kopf und schob die Unterlippe vor. Enttäuscht reckte sie ihm ihren Schmollmund entgegen und bettelte um einen Kuss, den er ihr nicht verwehren konnte.

„Du weißt, was deine Mutter dazu sagen würde", sagte er schließlich.

Sie verzog das Gesicht zu einem verschmitzten Grinsen. Dann stemmte sie die Hände in die Hüften und setzte einen gespielt strengen Blick auf.

„Jacqueline Olivia, wann wirst du begreifen, dass Ordnung das halbe Leben ist?", ahmte sie ihre Mutter nach. Anschließend brach sie in schallendes Gelächter aus. Auch Ron konnte sich ein Schmunzeln nicht verkneifen. Liebevoll zog er sie auf seinen Schoß und strich mit seinen von Nikotin und Sonne verfärbten Fingern über ihr langes weizenblondes Haar.

„Also gut", lächelte er, „aber wir sollten Mama besser nicht davon erzählen. Sie würde uns beide ausschimpfen."

Jackie strahlte übers ganze Gesicht und drückte ihn fest an sich.

„Na los, zieh dir schon deinen Badeanzug an! Und bring mir noch eine Flasche Bier!", sagte er. Als sie von seinem Schoß hüpfte, gab er ihr einen Klaps auf den Po. Lächelnd sah er ihr nach, wie sie über die Veranda zur Haustür hopste. Plötzlich schien die Luft vor seinen Augen zu flimmern. Er stutzte. Waren das Algen, die in ihren blonden Haaren hingen? Ihre Haut kam ihm mit einem Mal nicht mehr sonnengebräunt, sondern fahl, fast grau vor.

"Jackie-Oh?", rief er.

Sie hielt in der Bewegung inne und drehte sich langsam zu ihm um.

Er erstarrte. Ihr Gesicht war aufgedunsen und auf einer Seite stark gerötet.

"Ja, Daddy?", sagte sie und ihr Mund verzog sich zu einem unnatürlich schiefen Grinsen.

Er kniff die Augen zusammen. Innerlich zählte er bis zehn. Erst dann wagte er, sie wieder anzusehen. Jackie stand noch immer auf der Veranda und sah ihn fragend an. Ihre Haut war sonnengebräunt, ihr Gesicht makellos schön.

"Nichts, Liebes!", sagte er und schüttelte den Kopf, als wolle er einen bösen Traum loswerden. Die Hitze schien ihm zu Kopf zu steigen.

Beim Abendessen drehten sich Jackies Gedanken noch immer um ihre Abenteuer in und auf dem See und sie plapperte unentwegt vor sich hin, ohne auch nur einmal Luft zu holen. Ron lehnte sich entspannt zurück und genoss den ungebremsten Wortschwall seiner Tochter. Ganz folgen konnte er ihr nicht mehr, was wohl dem schweren Rotwein geschuldet war, den er sich zum Rindfleisch eingeschenkt hatte. Hin und wieder schaufelte er Jackie einen weiteren Löffel Bohnen oder Kartoffelpüree auf den Teller. Das Spielen an der frischen Luft schien sie hungrig gemacht zu haben.

„Können wir noch eine Runde Karten spielen, Daddy?", fragte sie schließlich und schob ihren leeren Teller beiseite.

„Es ist schon spät, Liebes", antwortete er, „für heute sollten wir Schluss machen und schlafen gehen."

Wieder versuchte sie, ihn mit ihrem Schmollmund um den Finger zu wickeln. Doch dieses Mal ließ er sich nicht umstimmen. Sein Kopf schmerzte und er sehnte sich nach der einzigen Medizin, die das Pochen in seinen Schläfen mildern konnte. Schwerfällig stand er auf. Auch Jackie war aufgesprungen. Übermütig lief sie um den Tisch herum und warf sich in seine Arme.

„Du musst mich ins Bett tragen, Daddy!", jauchzte sie und bedeckte sein Gesicht mit Küssen.

Lachend tat er so, als wäre sie schwer wie ein Sack Zement. In ihrer kleinen Kammer ließ er sie inmitten ihrer Stofftiere auf das Bett plumpsen. Die Erinnerung an seine morgendliche Vision kam ihm in den Sinn. In Jackies Gesicht forschte er nach Anzeichen dafür, dass er sich die Sache doch nicht eingebildet hatte. Das Mondlicht fiel durchs Fenster und zeichnete ihre schmale Nase und den ebenmäßigen Mund nach. Nichts wies auf die entstellte, aufgedunsene Fratze hin, die er zu sehen geglaubt hatte. Erleichtert zog er ihr die Bettdecke bis unters Kinn und drückte ihr einen Kuss auf die Stirn.

„Gute Nacht, Liebes", sagte er im Hinausgehen.

„Schlaf gut, Daddy!", rief sie ihm hinterher. „Und träum was Schönes!"

Als er wieder in der Küche stand, war das Pochen in seinen Schläfen schlimmer als je zuvor. Seine Hände zitterten und sein Mund fühlte sich staubtrocken an. Gut, dass er für solche Fälle immer eine Reserve hatte. Er öffnete den Küchenschrank und zog hinter den Putzmitteln eine Flasche Whiskey hervor. Im Schlafzimmer machte er sich gar nicht erst die Mühe, seine an den Knien abgeschnittene Jeans oder die Socken auszuziehen. Mit letzter Kraft warf er sich aufs Bett, öffnete die Flasche und ließ die goldbraune Flüssigkeit seine Kehle hinunterrinnen. Kurze Zeit später fiel Ron in einen tiefen, traumlosen Schlaf.

Er erwachte von einem seltsam schlurfenden Geräusch. Es erinnerte ihn ein wenig an das

Schmatzen, dass nackte Füße in nassen Gummistiefeln machten. Der Schlaf schien ihn noch immer im Griff zu haben, so dass er das Geräusch zunächst nicht zuordnen konnte. Weder aus welcher Richtung es kam, noch wovon es ausgelöst wurde. Doch es schien sich ihm zu nähern. Ein feuchtkalter Hauch strich über seinen bloßen Arm und ließ ihn erschauern. Mühsam zwang er sich, die Augen zu öffnen und schrak zusammen. Seine Tochter stand dicht neben seinem Bett. Es war stockfinster in dem winzigen Schlafzimmer. Nur der Vollmond sandte sein spärliches Licht durchs Fenster und tauchte Jackies Umrisse in eine silbrige Aura. Seine Augen gewöhnten sich nur langsam an die Dunkelheit.

„Jackie-Oh, hast du mich aber erschreckt!"

Sie antwortete nicht. Als er sich streckte, um das letzte Stückchen Müdigkeit abzuschütteln, fiel sein Blick auf ihre zierlichen Füße. Sie war barfuß. Sie musste eben erst aufgestanden sein, um zu ihm herüber zu huschen. Dann sah er, dass sie in einer kleinen Pfütze stand und weiterhin dünne Rinnsale an ihren nackten Beinen hinabliefen. Sein erster Gedanke war, dass sie sich in die Hose gemacht haben musste. Wut stieg in ihm auf. Mit acht Jahren nässte man doch nicht mehr ein!

Mit Mühe unterdrückte er den Reflex, sie am Handgelenk zu packen und ihr die Meinung über ungezogene, kleine Gören zu geigen, die sich noch in die Hose machten.

Vor Zorn bebend ließ er seinen Blick weiter nach oben über ihren zierlichen, fast schon abgemagerten Körper gleiten. Dabei stellte er fest, dass auch das weiße Nachthemd seiner Tochter tropfnass war. Was hatte das dämliche Stück Scheiße nur mitten in der Nacht angestellt? Vielleicht sollte er ihr mal wieder eine gehörige Tracht Prügel verpassen, um solche Eskapaden bereits im Keim zu ersticken? Früher hatte er sie öfter übers Knie gelegt und es hatte ihr mit Sicherheit nicht geschadet. Ganz im Gegenteil!

Ron war drauf und dran, auszuholen und Jackie eine schallende Ohrfeige zu verpassen. Doch etwas, das er sah, ließ ihn innehalten. Erst war er sich nicht darüber im Klaren, was es war. Die Rinnsale an ihren Beinen und das vollkommen durchnässte Nachthemd machten ihn rasend. Aber etwas anderes löste Betroffenheit in ihm aus. Er versuchte es zu fokussieren, es zu fassen zu bekommen. Und plötzlich wusste er, was es war: Jackies unnatürlich weiße Haut, die im fahlen Mondlicht zu leuchten schien, hatte ihn aufmerken lassen. Sofort war die Unsicherheit zurück, die ihn heute Morgen auf der Veranda befallen hatte. Eine diffuse Angst breitete sich in seinen Eingeweiden aus und schnürte ihm die Kehle zu. An Jackies kleiner, normalerweise sonnengebräunter Hand konnte er die Adern dunkelblau durchschimmern sehen, so bleich war sie. Es jagte ihm erneut einen kalten Schauer über den Rücken. Wieder kniff er die Augen fest zusammen und versuchte die Bilder abzuschütteln, mit denen sein Verstand ihm einen Streich zu spielen versuchte. Doch als er dieses Mal die Augen öffnete, hatte sich nichts geändert. Jackies Haut war noch immer bleich, durchscheinend und nass. Was war hier los?

Endlich hob er den Blick und sah seiner Tochter ins Gesicht. Ihr Anblick ließ ihn zusammenzucken. Er fühlte, wie sich die feinen Härchen an seinen Armen und Beinen aufrichteten. Erschrocken wich er vor seinem einzigen Kind zurück und unterdrückte den Schrei, der sich bereits in seiner Kehle formte.

Ihre blonden Haare hingen nass und strähnig über ihre knochigen Schultern. Jeglicher Glanz war aus ihnen verschwunden. Schlamm und glibberige Pflanzenreste hatten sich darin verhangen. Ihr Gesicht war ebenso wächsern bleich wie der Rest ihrer Haut und die glanzlosen Augen lagen in tiefen, dunklen Höhlen. Die Art wie sie ihn anstarrte, ließ ihm das Blut in den Adern gefrieren.

„Jackie-Oh, Liebling, was ist passiert?", stammelte Ron und hörte selbst, dass seine Stimme mehrmals brach. Lange sah seine Tochter ihn einfach nur aus ihren leblosen Augen an. Als sie endlich sprach, schienen sich ihre spröden, blutleeren Lippen kaum zu bewegen.

„Wir wissen doch beide, was geschehen ist, Daddy", sagte sie und ihre Stimme war nicht mehr als ein leises monotones Krächzen.

„Nein!" Er schüttelte den Kopf. „Woher sollte ich das wissen, Liebes? Ich habe tief und fest geschlafen."

Sie setzte wieder dieses schiefe Grinsen auf, dass er am Vormittag bereits bemerkt hatte. Es wirkte, als wäre ihre linke Gesichtshälfte gelähmt.

„Steh auf, Daddy!", krächzte sie. „Wir müssen die Sache zu Ende bringen."

Verwirrt schwang er die Beine über den Rand seines Bettes. Er stemmte sich hoch. Seine Knie zitterten und drohten, ihm den Dienst zu versagen. Nur mühsam gelang es ihm, sich auf den Beinen zu halten. Jackies Aussehen jagte ihm eine Heidenangst ein. Doch er wagte nicht, sie noch einmal danach zu fragen. Ihr Auftreten war plötzlich so seltsam bestimmt, als dulde sie keine Widerworte.

Sie stand mittlerweile an seinem selbstgezimmerten Sekretär und hatte ihm den Rücken zugekehrt. Als er sich ihr näherte, streckte er vorsichtig die Finger seiner linken Hand nach ihr aus. Er wollte sie berühren, sich davon überzeugen, dass es ihr gut ging. Doch wieder ließ ihn etwas innehalten.

„Jackie-Oh, es ist so dunkel hier. Können wir nicht das Licht anmachen?"

Langsam wandte sie ihm den Kopf zu und fixierte ihn mit ihren leblosen Augen. Kalter Schweiß brach ihm aus und rann ihm den Rücken hinunter. Sein Mund wurde trocken. Er schluckte schwer.

Ohne ihn aus den Augen zu lassen, hob sie die Hand wie in Zeitlupe. Ihre kleine Faust schwebte zwischen ihnen, als wolle sie ihm ihren Handrücken zeigen. Gerade als Ron danach greifen wollte, um sanft darüber zu streichen, schnippte Jackie mit den Fingern. Wie von Zauberhand entzündete sich die Flamme in der Petroleumlampe, die auf der obersten Ablage seines Sekretärs stand. Mit offenem Mund starrte Ron in das Licht. Dann sah er wieder zu Jackie. Ihr Gesichtsausdruck hatte sich nicht verändert. Noch immer fixierte sie ihn mit ihren leblosen Augen. Der einzige Unterschied war, dass sich nun die Flamme der Petroleumlampe darin spiegelte und ihnen etwas Glanz verlieh.

„Lass uns die Sache zu Ende bringen, Daddy!"

Das sagte sie nun schon zum zweiten Mal, doch er verstand es noch immer nicht.

„Was meinst du damit, Jackie-Oh?"

Sie wandte sich von ihm ab und zog eine der unzähligen Schubläden des Sekretärs auf. Einige Zeit sah sie unschlüssig hinein, als würde sie in dem dort herrschenden Durcheinander nach etwas Bestimmtem suchen. Dann nahm sie zielsicher den einzigen angespitzten Bleistift heraus. Erst jetzt sah er, dass ihre linke Hand die ganze Zeit auf einem dünnen Stapel Briefpapier geruht hatte, das sie nun zu ihm hinüberschob. Den Stift legte sie sorgfältig darauf ab, ehe sie ihren unangenehm leeren Blick wieder auf ihn heftete.

Ron fröstelte. Fragend sah er seine Tochter an. Er hatte nicht die leiseste Ahnung, was sie von ihm erwartete. Doch er spürte, dass er ihren Forderungen würde Folge leisten müssen, egal was es war.

„Du wirst einen Brief schreiben, Daddy!", sagte Jackie mit ihrer rauen Stimme, die ihn an grobes Schmirgelpapier erinnerte.

„An wen, Liebes?"

„Das spielt keine Rolle. Aber hab keine Angst, Daddy, ich werde dir ganz genau sagen, was du schreiben sollst!"

„Und danach ist die Sache zu Ende gebracht?", fragte er, obwohl er noch immer nicht wusste, was sie darunter verstand.

Sie lächelte erneut ihr schiefes Lächeln. Dann schüttelte sie langsam den Kopf: „Du musst erst wieder gut machen, was du Mommy Schlimmes angetan hast!"

Jackie deutete auf den Stuhl, der normalerweise vor dem Sekretär stand, den sie vorhin aber zur Seite gerückt haben musste.

Ihr schiefes Grinsen wurde breiter. Zum ersten Mal in dieser Nacht schienen ihre Augen zu leuchten, zu lodern. Fast teuflisch, dachte Ron.

Etwas schien ihm die Luft abzuschnüren. Er räusperte sich mehrmals erfolglos. Schließlich folgte sein Blick Jackies ausgestrecktem Zeigefinger. Sein Herzschlag beschleunigte sich. Seine Nackenhaare richteten sich auf, dass es beinahe schmerzte. Auf dem Stuhl lag, zusammengerollt wie eine Anakonda, ein dickes Seil.

Am nächsten Morgen

Weiland stapfte missmutig den schmalen, unbefestigten Weg hinunter. Links und rechts wucherten verschiedene Büsche und Sträucher und streckten ihre dicht verzweigten Finger begierig nach ihm aus. Seine neuen Schuhe steckten zentimeterdick im Matsch. Innerlich verfluchte er die ganze Scheiße. Was sollte er überhaupt hier? Hatte man an einem Sonntagmorgen keinen anderen Idioten gefunden, den man hierher in diese Einöde schicken konnte? Seine Laune besserte sich auch nicht, als sich das Dickicht endlich vor ihm auftat, und er auf eine sonnenbeschienene Lichtung trat. Messerscharf umriss Weiland die Situation. Dieser Ort mochte irgendwann einmal sehr idyllisch gewesen sein, doch das musste Jahre zurückliegen. Inmitten des Waldstücks lag ein kleiner See, dessen brackiges Wasser grün in der Morgensonne leuchtete. Früher mochte er seine Besitzer zu einem kühlen Bad eingeladen haben, jetzt war er nicht mehr als ein stinkender Tümpel. An seinem Ufer stand ein weißes Häuschen. Mehr eine heruntergekommene Hütte, dachte Weiland grimmig und ließ seinen Blick über die morsche Veranda und den eingesunkenen Giebel gleiten. Die ehemals weiße Farbe hatte sich zusammen mit dem ausgewaschenen Holz zu einem unansehnlichen Grau vermischt, mehrere Fensterläden hingen windschief in den Angeln. Rundherum wuchs das Gras sicherlich einen halben Meter hoch. Hinter dem Haus türmten sich verrostete Metallteile und verwitterte Holzbalken auf. Sofort schossen Weiland Bilder eines Schrottplatzes durch den Kopf. Unter einem Garten verstand er etwas anderes.

Weiland war es immer wieder aufs Neue unbegreiflich, wie manche Menschen hausten. Angesichts der Verwahrlosung, die sich vor ihm erstreckte, bekam er eine Gänsehaut. Verstärkt wurde dieses ungute Gefühl durch die Damen und Herren der Spurensicherung, die in ihren weißen Anzügen über das gesamte Areal wuselten und die Szenerie wie den Schauplatz eines Horrorfilmes erscheinen ließen. Auf der grünen Oberfläche des Sees trieb ein kleines orangefarbenes Schlauchboot. Anscheinend waren Taucher in der trüben Brühe unterwegs. Viel Vergnügen, dachte Weiland mit einem Anflug von Schadenfreude. Nicht sonderlich kollegial. Aber war es etwa fair, dass er hier in aller Herrgottsfrühe herumstapfen musste, anstatt sich ein ausgiebiges Frühstück mit einer seiner Geliebten zu gönnen?

Vor dem Aufgang zur Veranda sah er Kollege Timmens stehen und sich Notizen machen. Als dieser aufblickte und Weiland entdeckte, hob er die Hand zu einem kurzen Gruß. Weiland beschloss, die ganze Sache so schnell wie möglich hinter sich zu bringen und bahnte sich seinen Weg durchs kniehohe Gras zum Haus.

„Was haben wir hier für einen Mist?", grunzte er Timmens an, der bereits wieder in seine Unterlagen vertieft war.

Der junge Kollege ignorierte seine schlechte Laune und ging ohne großes Aufhebens zur Faktenlage über: „Wie es aussieht, hat sich der Hauseigentümer, Ronald Heller, in seinem Schlafzimmer erhängt. Laut Gerichtsmedizin ist er nicht länger als vier Stunden tot. Der Briefträger hat ihn heute Morgen gefunden. Er wird gerade von den Uniformierten vernommen. Ein eindeutiger Selbstmord, wenn du mich fragst. Mit Abschiedsbrief und allem drum und dran."

„Und was sollen wir dann hier? Sind wir die Mordkommission oder irgendein Haufen Idioten, der nichts Besseres zu tun hat, als sich hier unnütz die Beine in den Bauch zu stehen?"

Timmens lächelte verschmitzt: „Das Pikante an der Sache ist der Brief."

Ungeduldig hob Weiland eine Augenbraue. Komm zur Sache!, sollte dies seinem Kollegen bedeuten.

Timmens führte ihn in das Innere der heruntergekommenen Hütte. Augenblicklich standen sie in einem großen Raum, der allem Anschein nach als Küche und Wohnzimmer zugleich gedient hatte. Weiland verzog angewidert das Gesicht. Es stank bestialisch, was mit hoher Wahrscheinlichkeit auf die Stapel schmutzigen Geschirrs zurückzuführen war, die sich in und neben der Spüle auftürmten. Den verkrusteten, zum Teil bereits verschimmelten Essensresten nach zu urteilen, hatte dieser Heller seit mindestens vier Wochen den Abwasch nicht mehr erledigt. Auf dem Couchtisch, der zwischen einem alten

Röhrenfernseher und einem zerschlissenen Sofa stand, drängten sich unzählige Bier- und Weinflaschen sowie zwei randvoll mit Zigarettenstummeln gefüllte Aschenbecher. Weilands Abscheu wuchs mit jeder Minute, die er in diesem Saustall verbringen musste.

„Sieh dir das an!", riss sein Kollege ihn aus seinen düsteren Gedanken.

Timmens stand neben dem kleinen Küchentisch, der noch immer vom Vorabend gedeckt war. Der dreckige Teller, von dem der Tote höchstwahrscheinlich seine letzte Mahlzeit eingenommen hatte, und das halbvolle Rotweinglas passten perfekt ins Bild. Außergewöhnlich an der Sache war jedoch ein am anderen Ende des Tisches stehender unbenutzter Teller, neben dem Messer und Gabel fein säuberlich aufgereiht lagen.

„Für wen zum Teufel hat der Kerl denn bitteschön aufgedeckt? In dieses Dreckloch wird er wohl kaum jemanden zum Essen eingeladen haben!", polterte Weiland los.

Timmens nickte: „Das ist eine verflucht gute Frage! Zumal das ganz und gar nicht zu dem passt, was Heller in seinem Abschiedsbrief schreibt.“

Weiland konnte förmlich fühlen, wie ihm langsam aber sicher der Geduldsfaden riss.

„Was steht denn nun in diesem gottverdammten Scheißbrief?"

Timmens hob halb abwehrend, halb entschuldigend die Hand.

„Wie Heller schreibt, hat er sich im letzten halben Jahr sehr gehen lassen und sich auch nicht mehr um Haus und Grundstück gekümmert", begann er dann mit seinen Ausführungen.

„Ach was?", bemerkte Weiland spitz. Sein verächtlicher Blick fiel durch die offene Haustür auf einen alten Schaukelstuhl auf der Veranda, neben dem sich ebenfalls mehrere leere Bier- und Schnapsflaschen türmten. Dieser Heller schien ein Säufer gewesen zu sein, wie er im Buche stand.

Timmens sprach unbeirrt weiter: „Er hatte aber auch einmal eine Familie. Eine Frau und eine kleine Tochter."

„Lass mich raten, die beiden haben ihn verlassen, weil sie den alten Suffkopf nicht mehr ertragen konnten."

„Nicht direkt. Vor knapp vier Wochen…", wandte Timmens eben zögerlich ein, als ein

Beamter der Spurensicherung hereingestürmt kam.

„Kollegen, die Taucher haben was gefunden!", verkündete er vollkommen außer Atem.

Die beiden folgten ihm nach draußen. Am Ufer des Sees lag ein großer schwarzer Müllsack.

Als sie näher kamen, sahen sie, dass ein kleiner, zierlicher Körper darin eingewickelt war.

Weiland sog scharf die Luft ein. Er hatte in seiner Laufbahn schon einiges gesehen, doch zum ersten Mal spürte er Übelkeit in sich aufsteigen und fürchtete, sich übergeben zu müssen. Bei der Leiche handelte es sich um ein Mädchen, nicht älter als sieben oder acht Jahre. Sie trug ein weißes Nachthemd, das nass an ihrem dünnen, ausgezehrten Körper klebte. Ihre ehemals blonden Haare umrahmten das vom Wasser aufgedunsene Gesicht. Und dieses Gesicht würde Weiland bis in seine schlimmsten Albträume verfolgen, das wusste er. Die blauen Knopfaugen des Kindes waren in blankem Entsetzen weit aufgerissen und schienen durch ihn hindurch bis in seine Seele blicken zu können. Weiland bekam eine Gänsehaut. Die linke Gesichtshälfte des Mädchens war seltsam deformiert und mit roten Striemen und blauen Flecken übersät. Der

114

Mundwinkel war zu einem gespenstisch schiefen Grinsen nach oben gezogen.

Weiland warf dem neben ihm stehenden Gerichtsmediziner einen fragenden Blick zu.

„Ich vermute, dass das Mädchen mehrmals und über einen längeren Zeitraum hinweg ins Gesicht geschlagen worden ist", antwortete dieser. „Die Verletzungen sind ihr größtenteils vor ihrem Tod zugefügt worden und zum Teil sogar beinahe verheilt."

„Und dieses schreckliche Grinsen?", hakte Weiland nach.

„Das dürfte von einer halbseitigen Lähmung herrühren. Vermutlich ausgelöst durch die heftigen Schläge."

„In seinem Brief gibt Heller zu, seine Frau und seine Tochter in den letzten Monaten mehrmals verprügelt zu haben", bestätigte Timmens.

Weiland schluckte schwer. Eine unbändige Wut stieg in ihm auf. Wenn dieser Heller sich letzte Nacht nicht selbst erhängt hätte, würde er das jetzt mit Freuden übernehmen. Immerhin hatte dieses Tier seine eigene Tochter erschlagen. Ein unschuldiges, kleines Mädchen.

„Das war's dann wohl hier", grummelte er. Er wollte nur noch nach Hause, eine heiße Dusche nehmen und den Schmutz dieses schrecklichen Falles von sich abwaschen.

„Nicht ganz", warf Timmens ein, „wir suchen noch immer nach der Mutter der Kleinen."

Weiland starrte seinen jungen Kollegen verständnislos an.

„Ich bin vorhin nicht mehr dazu gekommen, es dir zu sagen. Heller gesteht in seinem Brief, dass er nicht nur sein Kind, sondern auch seine Frau getötet und im See versenkt hat. Er behauptet, stark betrunken und nach einem Streit rasend vor Wut gewesen zu sein."

„Immerhin ist der Fall somit gelöst. Wir haben schließlich ein umfassendes Geständnis", murmelte Weiland kopfschüttelnd. „Ich hau jetzt ab. Und gebt mir ja nicht Bescheid, wenn ihr die Mutter gefunden habt! Ich will mit dieser ganzen Scheiße nichts mehr zu tun haben!"

Er wandte sich zum Gehen. Er hatte genug gehört und gesehen. Noch immer bekam er eine Gänsehaut, wenn er an die leer vor sich hinstarrenden Augen des toten Mädchens dachte.

„Es gibt allerdings eine Sache an diesem Fall, die mir seltsam erscheint", hielt Timmens ihn zurück.

Unwillig machte Weiland noch einmal kehrt und verdrehte genervt die Augen angesichts der Verzögerung.

„Und die wäre?", fragte er ungeduldig.

„Auf den Holzdielen im Haus haben wir eingetrocknete Wasserflecken und Spuren von Schlamm entdeckt. Sehen aus wie Fußabdrücke, die direkt ins Schlafzimmer führen."

„Vielleicht war dieser Heller noch einmal beim See – oder sollte ich besser sagen Kloake – ehe er sich den Strick genommen hat", erwiderte Weiland süffisant grinsend. Was kümmerte es ihn, was dieser besoffene Widerling kurz vor seinem Selbstmord gemacht hatte?

„Das glaube ich nicht", antwortete Timmens und starrte dabei nachdenklich vor sich hin, „dafür sind die Abdrücke zu klein. Wenn du mich fragst, stammen sie eindeutig von Kinderfüßen."

Weiland seufzte und sandte ein Stoßgebet gen Himmel. Timmens mochte ein guter Polizist sein, aber bisweilen verstieg er sich doch in recht merkwürdige Theorien. Ohne ein weiteres Wort drehte er sich um und ging.

Jackie stand auf einer Anhöhe jenseits des Sees und beobachtete gebannt, was rund um das kleine weiße Haus vor sich ging, das einst ein liebevolles Zuhause gewesen war. Als ihre Eltern sich noch lieb gehabt hatten. Als Daddy nicht mehr Alkohol getrunken hatte als gut für ihn war. Und als er lieber gestorben wäre als ihr Leid zuzufügen.

Sie sah, wie ihr eigener aufgedunsener und geschundener Körper in einer Metallwanne in einen Leichenwagen geschoben wurde. Beinahe zeitgleich zogen einige Männer in den komischen weißen Anzügen einen weiteren schwarzen Müllsack ans Ufer. Jackies Augen füllten sich mit Tränen. Doch es waren keine Tränen der Trauer, sondern der Erleichterung. Sie hatten sie gefunden!

„Ich habe es wieder gut gemacht, Mommy!", flüsterte sie, „Daddy wird uns nie wieder wehtun können."

Sie nahm eine sachte Bewegung neben sich wahr und ein Lächeln umspielte ihre Lippen. Langsam tastete sie nach der Hand ihrer Mutter, die ebenso wächsern blau schimmerte wie ihre eigene.

„Jetzt können wir endlich nach Hause gehen, Mommy!"

Parkbank

Die ältere Dame steht an die dicke Eiche gelehnt da. Halb dahinter verborgen betrachtet sie den Mann, der wie jeden Nachmittag auf der verwitterten Parkbank sitzt, einen viel zu großen schwarzen Hut schief auf seinem Kopf. Schwielige Hände halten eine kleine Flasche fest umklammert. Ab und an nimmt er einen kräftigen Schluck und fährt sich nervös über das vom Leben zerfurchte Gesicht.

Wenn Gerlinde Kubalek mit ihrem kleinen Yorkshire Filou eine Runde dreht, nimmt sie jedes Mal die Abkürzung durch den Park. Seit einigen Wochen schon ist ihr dort der Mann auf der Bank aufgefallen. Er fasziniert sie, er macht sie neugierig. Sie fühlt sich zu ihm hingezogen. Es ist, als ob sie ihn schon seit Langem kennt, wie einen alten Freund. Dabei weiß sie nichts über ihn, hat noch kein Wort mit ihm gewechselt. In den letzten Tagen hat sie ihm nur im Vorbeigehen verstohlene Blicke zugeworfen, doch heute konnte sie nicht anders, als stehen zu bleiben und ihn zu beobachten. Die dicke Eiche bietet ihr gerade so viel Schutz, dass sie sich nicht wie eine Voyeurin vorkommt.

Gerade steckt der Mann die Flasche umständlich in seine Sakkotasche und zupft sich die Hosenbeine zurecht. Eine Geste, die sie an Otto erinnert, der seine Bügelfalten richtet. Dann rutscht er auf der Sitzfläche nach vorne, als wolle er aufstehen. Ihr stockt für einen Moment der Atem. Sie will nicht, dass er geht. Doch der Mann bleibt sitzen. Gerlinde Kubalek atmet erleichtert auf. Diese Gelegenheit will sie nicht ungenutzt verstreichen lassen. Wild entschlossen nimmt sie all ihren Mut zusammen und steuert auf die Parkbank zu.

„Ist neben Ihnen noch frei?"
Ihr Gegenüber starrt sie aus leicht geröteten Augen erstaunt an. Gerlinde bleibt einfach stehen.
Als ihm klar wird, dass sie ihre Frage ernst meint, nickt er leicht und fummelt ein Taschentuch aus der Hosentasche. Mit zitternden Händen wischt er mit dem zerknitterten Fetzen über den Platz neben sich, um Schmutz und Staub zu entfernen. Gerlinde Kubalek wagt nicht, darüber nachzudenken,

was sich alles an dem Taschentuch und nun eben auf der Parkbank befinden könnte. Sie lächelt ihn freundlich an und merkt verwundert, dass ihr Lächeln auch die Augen erreicht.

„Gerlinde Kubalek", sagt sie mit fester Stimme und hält ihm ihre Hand hin.

„Gustav Kling." Seine Stimme zittert, doch sein Händedruck ist fest und warm.

Sie lacht: „Da haben wir doch tatsächlich dieselben Initialen!"

Verwundert sieht er sie an. Für einen Moment glaubt sie, dass er keine Ahnung hat, wovon sie spricht.

Dann grinst auch er: „Ein schöner Zufall."

„An Zufälle glaube ich nicht!

Er schweigt.

„Kennen Sie Albert Schweitzer?", hakt sie nach.

„Nicht persönlich", antwortet er.

Wieder lacht sie. Ein seltsames Gefühl, so viel zu lachen.

„Er hat gesagt, der Zufall sei ein Pseudonym, dass der liebe Gott wähle, wenn er inkognito bleiben wolle."

Er scheint darüber nachzudenken.

„Ich glaube schon lange nicht mehr an Gott", antwortet er schließlich.

Gerlinde beißt sich auf die Unterlippe. Natürlich nicht. Sie faselt mal wieder dummes Zeug.

„Aber", fügt Gustav plötzlich hinzu, „der Gedanke gefällt mir trotzdem."

Eine Weile sitzen sie schweigend nebeneinander und genießen die neue und doch seltsam vertraute Nähe des anderen.

„Darf ich fragen, warum Sie jeden Tag hier sitzen?", durchbricht Gerlinde schließlich nach einiger Zeit die Stille.

„Es macht mir Freude, die Menschen bei ihren Alltäglichkeiten zu beobachten", antwortet Gustav.

„Haben Sie keine Wohnung?"

Er sieht sie lange an. Gerlinde schämt sich für ihre Aufdringlichkeit. Gleich wird er aufstehen und gehen. Er bleibt sitzen. Er lächelt sogar ein kleines bisschen.

„Doch", sagt er leise. „Aber was soll ich da?"

„Haben Sie niemand, der dort auf Sie wartet?"

Wieder so eine intime Frage. Gerlinde könnte sich ohrfeigen für ihr loses Mundwerk.

„Meine Frau hat mich verlassen, als der Job weg war. Jede Frau hätte das getan. Ich war irgendwann mehr mit dem Alkohol verheiratet als mit ihr. Ein paar alte Freunde sind mir noch geblieben. Aber die haben auch ihr eigenes Leben."

Gerlinde starrt peinlich berührt auf ihre Schuhspitzen und nickt vor sich hin.

„Und Sie?", fragt er und deutet mit dem Kopf auf den neben ihren Füßen schlafenden Filou.

„Gibt's auch ein Herrchen zu dem Hund?"

„Mein Otto ist vor fünfzehn Jahren gestorben."

Gustav murmelt irgendetwas vor sich hin. Wahrscheinlich eine Beileidsbekundung. Gerlinde lächelt ihn dankbar an.

„Meine Tochter hat mir dann den Hund geschenkt", fügt sie hinzu, „damit ich nicht so allein bin."

„Warum kümmert sie sich nicht selbst um Sie?"

„Sie hat nach München geheiratet. Sie wollte, dass ich auch dort hinziehe. Aber einen alten Baum sollte man nicht mehr verpflanzen."

Gustav hebt die Augenbrauen. Er scheint nicht überzeugt zu sein.

„Sie haben wohl keine Kinder?", fragt Gerlinde, doch eigentlich ist es mehr eine Feststellung. Tatsächlich schüttelt er den Kopf.

„Ich habe drei Enkelkinder", sagt sie schließlich. „Aber natürlich sehe ich sie kaum. Die Entfernung. Sie wissen schon."

Nun nickt er. Sie hat das Gefühl, dass er ihr gern widersprechen würde. Doch er ist taktvoll genug, es nicht zu tun.

„Heute trinke ich nur noch selten", sagt er plötzlich und zieht die Flasche aus seiner Sakkotasche.

„Wollen Sie einen Schluck?"

Gerlinde hebt abwehrend eine Hand: „Nein, danke! Das Zeug bekommt mir nicht so gut."

Er verzieht den Mund zu einem traurigen Lächeln: „Mir auch nicht."

In diesem Moment kann Gerlinde seinen Schmerz fühlen. Einen Schmerz, den sie selbst nur zu gut kennt. Der sich ihr immer wieder wie ein Messer ins Herz bohrt. Ihr alle Energie nimmt und ihr sogar das Atmen zur Last werden lässt.

Sie sehen sich lange in die Augen und wieder ist da diese Vertrautheit, die es eigentlich gar nicht geben dürfte.

Sie kennen sich seit wenigen Minuten, doch Gerlinde scheint es wie ein ganzes Leben.

Dann ist der besondere Moment vorbei. Filou fängt an zu kläffen. Wahrscheinlich hat er Hunger. Gerlinde wirft einen Blick auf ihre Uhr. Schon halb fünf. Zeit, nach Hause zu gehen.

„Sehen wir uns morgen wieder?", fragt sie.

„So Gott will", antwortet er mit einem Augenzwinkern.

„Das wäre ein schöner Zufall", erwidert Gerlinde lächelnd, ehe sie nach Filous Leine greift und nach Hause geht.

In den nächsten Wochen treffen sich Gerlinde Kubalek und Gustav Kling täglich auf ihrer Parkbank. Sie unterhalten sich stundenlang über die Welt. Und sogar über Gott. Sie lachen viel miteinander und wenn ihre Lebensgeschichten keinen Platz für das Lachen lassen, schweigen sie gemeinsam.

Gustav erzählt, dass er schon seit vielen Jahren von der Stütze lebt. Genaugenommen, seitdem er arbeitslos geworden ist. Natürlich habe er nichts Neues mehr gefunden. Wer stellt schon einen alten Trottel ein? Noch dazu, wenn es sich um einen Säufer handelt. Dass er mit dem Trinken nur angefangen habe, um zuhause nicht durchzudrehen, das habe natürlich keinen interessiert.

Gerlinde hört aufmerksam zu. Schließlich erzählt sie von ihrem Otto, der sich so auf seinen Ruhestand gefreut habe. Gemeinsam wollten sie die ganze Welt bereisen, ins Theater gehen, ihre Tochter und die Enkelkinder in

München besuchen, einfach viel Zeit miteinander verbringen. Große Pläne hätten sie gehabt. Dann habe Otto eines schönen Sommerabends plötzlich der Schlag getroffen. Von einer Sekunde auf die andere sei er tot gewesen. Mit dreiundfünfzig. Wenn sie davon erzählt, laufen ihr immer noch Tränen übers Gesicht. Gustav bietet ihr sein zerknittertes Taschentuch an. Sie greift nach seiner Hand und drückt sie ganz leicht.

„Zusammen sind wir nicht mehr so allein", sagt sie leise.

Er sieht sie lange an. Seine Hand erwidert den Druck. Einige Zeit sitzen sie so da und keiner von beiden sagt etwas.

„Wissen Sie, was das Schlimmste ist?", fragt sie schließlich. Erwartungsvoll hebt er die Augenbrauen.

"Seit Ottos Tod fühle ich mich wertlos. Ich wusste immer, dass er mich bedingungslos liebt, und jetzt, da er nicht mehr ist, versinke ich in Bedeutungslosigkeit."

Gustav schweigt. Zu gerne würde sie wissen, was er gerade denkt.

"Vielleicht liegt es daran, dass ich nicht mehr die Jüngste bin", fährt sie fort. "Ich schaue manchmal in den Spiegel und sehe eine in die

Jahre gekommene, wenig attraktive Frau ohne jeden Esprit. Niemand braucht mich mehr. Noch nicht einmal meine eigene Tochter."

Gustav hat den Blick in die Ferne gerichtet. Noch immer sagt er nichts, doch seine Mundwinkel verziehen sich zu einem schwachen Lächeln.

Gerlinde weiß nicht, wie sie es deuten soll. Findet er ihr Gejammer lächerlich? Grinst er, weil er ihr im Grunde genommen zustimmt und es nicht zugeben will? Sie traut sich nicht, ihn danach zu fragen, und der Moment verstreicht.

Ihr Abschiedsritual ist wie immer dasselbe. „Sehen wir uns morgen wieder?", „So Gott will", „Das wäre ein schöner Zufall".

Bevor sie geht, lächeln sie sich jedes Mal an. Mit einem Lächeln, das die Augen erreicht. Gerlinde kann sich gar nicht mehr vorstellen, dass es jemals anders war.

Es ist ein Mittwoch, an dem Gerlinde schon von Weitem sieht, dass die Parkbank verwaist ist. Verwundert wirft sie einen Blick auf ihre Uhr. Sie ist weder zu früh noch hat sie sich verspätet. Einen Moment bleibt sie neben der Bank stehen und schaut sich in alle Richtungen um. Sie setzt sich und wartet. Unerträglich langsam ziehen die Minuten dahin. Nach zwei Stunden gibt Gerlinde auf. Es ist jetzt halb fünf und Gustav weiß, dass sie um diese Zeit nach Hause muss, um Filou zu füttern. Heute ist mit ihm wohl nicht mehr zu rechnen.

Gerlinde spürt einen seltsamen Druck in der Magengegend, der sich langsam Richtung Brust ausdehnt. Sie kennt dieses Gefühl nur zu gut. Sie hat Angst! Angst, wieder allein zu sein. Auf dem Heimweg kämpft sie mit den Tränen.

Auch an den nächsten fünf Tagen taucht Gustav nicht an ihrem Treffpunkt auf. Jedes Mal wartet Gerlinde zwei Stunden lang auf der Parkbank. Vergebens. Langsam beginnt sie, sich Sorgen zu machen. Sie weiß noch nicht einmal, wo Gustav wohnt. Zuhause sucht sie seinen Namen im Telefonbuch. Klings gibt es viele, aber einen Gustav kann sie nicht finden. Vielleicht hat er gar kein Telefon.

Nach einer Woche ohne ein Lebenszeichen von Gustav, nimmt Gerlinde sich fest vor, zum letzten Mal den Weg durch den Park zu nehmen. Wenn die Bank heute wieder leer ist, wird sie nicht mehr herkommen. Als sie sich der alten Eiche nähert, macht ihr Herz einen Sprung. Ein Mann sitzt auf ihrer Bank. Der schwarze Hut ist unverkennbar. Gustav ist wieder da!

Vor Freude wäre sie am liebsten zu ihm gelaufen. Doch dann fällt ihr ein, wie gekränkt sie in den letzten Tagen war. Dafür ist er ihr erst einmal eine Erklärung schuldig. Sie verlangsamt ihren Schritt, möchte betont lässig wirken. Er soll nicht merken, wie aufgewühlt sie ist. Um sich zu beruhigen, hält sie den Blick beim Gehen auf ihre Schuhspitzen gesenkt. Erst als sie direkt vor ihm steht, sieht sie auf. Und erstarrt.

Der Mann, der vor ihr auf der Bank sitzt, ist nicht Gustav, sondern ein Wildfremder. Mit weit aufgerissenen Augen starrt sie ihn an.

„Wo ist Gustav?", fragt sie. Ihre Stimme klingt ungewohnt schrill.

Der Mann streckt beschwichtigend die Hand nach ihr aus, doch sie weicht zurück. Auch Filou spürt ihre Anspannung und beginnt zu knurren.

„Sie müssen Gerlinde Kubalek sein", sagt der Mann sanft.

„Wer will das wissen?"

„Ich bin Curt. Ein Freund. Ich soll Ihnen den von Gustav geben", antwortet er und hält ihr einen Briefumschlag hin.

„Warum kommt er nicht selbst?" Gerlinde hat Mühe, den Mann nicht anzuschreien.

„Es tut mir leid", beginnt er traurig lächelnd.

„Was tut Ihnen leid?, schneidet sie ihm das Wort ab.

Der Mann greift nach ihrer Hand, um ihr Einhalt zu gebieten. Gerlinde will sie ihm entwinden, doch er lässt nicht los. Er möchte, dass sie ihm in die Augen sieht.

„Gustav ist tot", sagt er schließlich leise.

Gerlinde schnappt nach Luft.

„Wir haben ihn gestern in seiner Wohnung gefunden. Wahrscheinlich ist er schon Mittwoch Vormittag gestorben."

Er hält einen Moment inne, damit Gerlinde die Information verarbeiten kann.

„Er hatte eine Schachtel in seinem Nachttisch, die ich im Falle seines Todes öffnen sollte. Darin war auch dieser Umschlag für Sie. Er hat genau beschrieben, wo ich Sie finden kann."

Gerlinde lässt zu, dass er ihr das Kuvert zwischen die klammen Finger schiebt. Ihr Kopf fühlt sich an wie in Watte gepackt.

„Warum tragen Sie seinen Hut?", fragt sie.

„Das war wohl sein Abschiedsgeschenk an mich", antwortet er gequält. Dann steht er auf.

Tröstend legt er ihr eine Hand auf die Schulter, ehe er sich abwendet und davongeht.

Ohne es zu merken, lässt Gerlinde sich auf die Parkbank sinken. Filou legt mitfühlend seinen Kopf auf ihren Fuß. Erst jetzt nimmt sie den Umschlag richtig wahr. Mit zitternden Händen reißt sie ihn auf und entnimmt ihm einen ordentlich gefalteten Bogen Büttenpapier. Gustav hat in anmutig geschwungener Schrift mit Tinte etwas darauf geschrieben.

„Für mich waren Sie ein Anker in der Not. Bewahren Sie sich Ihr Lächeln. Wenn Ihre Augen beim Lachen strahlen, sind Sie noch tausendmal schöner!", steht da.

Tränen steigen in ihr auf, ihre Kehle zieht sich zusammen, das Atmen fällt ihr mit einem Mal schwer, so schwer. Langsam steht sie auf. Die Hand, die den Brief hält, sinkt wie in Zeitlupe nach unten, bis sie an ihr herabbaumelt, als wäre sie kein Teil ihres Körpers mehr. Wie in Trance setzt sie einen Fuß vor den anderen. Filou sieht ihr einige Sekunden verwundert nach, ehe auch er sich erhebt und hinter ihr hertrottet.

Die alte Eiche wiegt ihre Zweige sacht im Wind. Als würde sie Gustav zum Abschied winken, denkt Gerlinde. Tränen laufen ihr über das Gesicht. *Bewahren Sie sich Ihr Lächeln.* Sie sieht Gustav vor sich, wie er die Nachricht schreibt und dabei an ihre strahlenden Augen denkt. Gerlinde Kubalek dreht sich nicht noch einmal um. Doch als sie den Park verlässt, kann sie nicht verhindern, dass sie sanft lächelt.

Nur der Mond kann es bezeugen

Seine Hände ruhen sanft auf dem kühlen Lederlenkrad. Ein Gefühl tiefer Entspannung durchströmt seinen Körper. Er weiß, dass sich das in dieser Nacht noch ändern wird. Aber noch hat er Zeit. Mit wachen Augen starrt er hinaus in die Dunkelheit. Über ihm breitet sich ein sternenklarer Himmel aus. Seinen schwarzen SUV hat er so zwischen den Bäumen geparkt, dass er von der Straße aus nicht zu erkennen ist, egal aus welcher Richtung man kommt. Dennoch hat er selbst alles genauestens im Blick. Der Platz ist für seine Zwecke ideal. Ohnehin sind auf diesem Straßenabschnitt in den Bergen nachts nur sehr wenige Autos unterwegs. Auch dies kommt ihm entgegen. Selbstverständlich ist das kein Zufall. Wochenlang hat er alles hier akribisch ausgekundschaftet, sich Notizen gemacht und diese dann ausgewertet. So geht er immer vor, diese Methode hat sich bewährt. Selbst wenn er während seiner Vorbereitungen unruhig wird und es ihn in den Fingern juckt, ermahnt er sich zur Geduld. Disziplin ist alles, darüber ist er sich im Klaren. Sie ist es letztendlich, die zum Erfolg führt.

Gegenüber, auf der anderen Straßenseite, fällt der Hang direkt hinter der Leitplanke mehrere hundert Meter steil ab. Vereinzelt klammern sich einige Kiefern an den felsigen Untergrund, doch einen Fall in die gähnende Tiefe können auch sie nicht stoppen. Draußen ist es klirrend kalt. Die eisige Kälte kriecht langsam auch in das Wageninnere und lässt seinen warmen Atem kondensieren. Es kümmert ihn nicht. Das leise Rauschen der Standheizung soll ihn ebenso wenig in seiner Konzentration stören wie das Autoradio. Absolute Stille ist für seine Pläne von größter Wichtigkeit. Gleiches gilt für die Dunkelheit, die in solchen Momenten sein engster Verbündeter ist. Die Kälte und der Geruch in der Luft kündigen bereits Schneefall an. Dann ist seine Jagd fürs Erste beendet. Der Schnee würde das Mondlicht reflektieren und ihn seiner Unsichtbarkeit berauben. Er darf kein Risiko eingehen. Alles eine Frage der Disziplin. Wie so oft. Die Zwangspause wird ihm gut tun. Doch er wird nicht untätig sein. Neue Pläne für das Frühjahr warten darauf, geschmiedet zu werden. Er weiß, dass es schwer sein wird, noch einmal einen derart perfekten Ort wie diesen zu finden. Eine Rückkehr ist dennoch ausgeschlossen.

Prüfend sieht er noch einmal hinauf in den Himmel. Auch heute ist der Mond die einzige Lichtquelle weit und breit. Die Finsternis bietet ihm nicht nur ein perfektes Versteck, sie hilft ihm auch, seine Beute rechtzeitig zu erkennen. Oft kann es stundenlang dauern, ehe sie auftaucht. Er ist auf das Warten eingestellt. Er ist ein Jäger. Es erregt ihn, Ausschau zu halten und den perfekten Moment abzupassen. Man weiß vorher nie, was genau passieren wird. Diese Unwägbarkeiten machen den Reiz aus.

Das weit entfernte Aufflackern von Scheinwerfern reißt ihn aus seinen Gedanken. Sie kommen von unten die kurvige Bergstraße herauf. Jetzt spannt sich jeder Muskel seines Körpers in freudiger Erwartung an und sein Puls beschleunigt sich. Das Auto ist noch weit genug weg, um die nötigen Vorkehrungen zu treffen. Er zieht die schwarze Sturmmaske, die er locker über die Stirn nach oben geschoben hat, herunter. Er glaubt nicht, dass ihn jemand sehen oder später noch davon berichten können wird. Aber warum sollte er ein unnötiges Risiko eingehen? Er betätigt den kleinen Knopf an der

Fahrertür und das Seitenfenster fährt mit einem mechanischen Surren nach unten. Die Scheinwerfer kommen näher. Auf der gewundenen Bergstraße kommt das Fahrzeug, zu dem sie gehören, nur langsam voran. Er greift neben sich auf den Beifahrersitz. Dort lehnt sein wertvollster Besitz, eine halbautomatische AR-15 mit aufgeschraubtem Schalldämpfer. Beinahe zärtlich fährt er mit der rechten Hand über den Schaft des fast einen Meter langen Gewehres, ehe er es aus dem offenen Seitenfenster hält und anlegt. Mittlerweile kann er auch die Motorengeräusche des herannahenden Wagens hören. Es wird nicht mehr lange dauern, bis er in Sicht kommt. Sein leicht gekrümmter Zeigefinger schwebt regungslos über dem Abzug. Seine Hände zittern schon lange nicht mehr bei der Jagd. Er spürt, wie die Vorfreude in ihm aufsteigt, doch er kämpft sie nieder. Euphorie ist ein schlechter Ratgeber. Zuerst muss alles reibungslos funktionieren.

Jetzt ist das Auto fast bei seinem Versteck angekommen. Es handelt sich um einen alten Ford Escort. Drei Personen meint er auf die Entfernung in dem Wagen ausmachen zu können. Ein junges Paar vorne und ein schlafendes Kleinkind in seinem Kindersitz auf der Rückbank. Für ihn spielt das keine Rolle. Das Schicksal hat es so entschieden.

Auf der nun geraden Strecke beschleunigt der Fahrer endlich wieder. So ist es gut. Das erhöht den Spaß. Der Ford passiert das Waldstück, in dem er sich verbirgt. Als der Hinterreifen im Fadenkreuz erscheint, drückt er ab. Der ohrenbetäubende Knall des platzenden Reifens signalisiert ihm, dass er getroffen hat. Der Wagen gerät ins Schlingern. Überrascht verreißt der junge Mann das Steuer. Der alte Escort dreht sich einmal um seine eigene Achse und rast ungebremst auf die Leitplanke zu. Er kann sehen, dass die Frau ihren Mund zu einem panischen Schrei aufgerissen hat, während der Fahrer vergeblich versucht, sein Fahrzeug wieder unter Kontrolle zu bekommen. Ein letztes Mal quietschen die Reifen auf. Er liebt dieses Geräusch. Dann durchbricht der Ford die Leitplanke und rutscht dem Abgrund unaufhaltsam entgegen. Wie in Zeitlupe kippt das Auto langsam nach vorne. In der nun entstehenden Stille kann er deutlich die verzweifelten Schreie der Insassen hören. Wenig später ist das Auto verschwunden. Im Geiste zählt er die verrinnenden Sekunden mit.

Als er bei elf angekommen ist, dringt ein seltsam entfernt klingender Knall zu ihm nach oben. Ohne es sehen zu müssen, weiß er, dass der Wagen auf einem Felsvorsprung zerborsten ist. Ein zufriedenes Lächeln umspielt seine Lippen. Er lässt das Seitenfenster hinaufgleiten und nimmt Zettel und Stift aus der Mittelkonsole. Heute hat er gute Beute gemacht. Drei Striche kann er seiner Strichliste hinzufügen. Nummer zehn, elf und zwölf.

Er schiebt die Sturmmaske nach oben, legt den Gang ein und biegt nach links auf die Straße ein. Als er die durchbrochene Leitplanke passiert, durchströmt ihn ein Gefühl der Wärme. Nichts geht über eine erfolgreiche Jagd. Wen es dabei erwischt, ist für ihn ohne Belang. Er sucht sich eine geeignete Stelle und trifft seine Vorkehrungen. Der Erstbeste, der zur falschen Zeit am falschen Ort ist, verliert sein Leben. Auf dem Weg die kurvige Bergstraße hinunter ins Tal kommt ihm niemand entgegen. Mit dem sicheren Gefühl, dass es Tage dauern kann, ehe die verunglückte Familie gefunden wird, zündet er sich eine Zigarette an.

Das Zimmer am Ende des Flures

Zwei Jahre vergehen für die meisten Menschen wie im Flug. Doch wenn man darauf wartet, dass eine geliebte Person zurückkehrt, fühlen sie sich an wie eine Ewigkeit. Thommy wusste instinktiv, dass das Warten in ihrem Fall vergebens sein würde. Das Zimmer am Ende des Flures würde für immer verwaist bleiben und sie alle Tag für Tag an ihren schmerzlichen Verlust erinnern.

„Du traust dich nicht, weil du ein verdammter kleiner Feigling bist!" Richard hatte sich vor ihm aufgebaut, die Arme vor der Brust verschränkt, und warf ihm einen herausfordernden Blick zu.
„Du traust dich doch selber nicht", entgegnete Thommy gelassen. So einfach konnte sein älterer Bruder ihn nicht aus der Reserve locken.
Richard winkte mit einer abfälligen Handbewegung ab: „Ich war schon mehr als einmal dort drinnen. Aber da hast du jedes Mal tief und fest geschlafen und dir dabei in die

Hosen gepinkelt. Du bist eben einfach ein Baby!"

Thommy wusste, dass das gelogen war. Seit dem Zwischenfall vor zwei Jahren teilten sie sich ein Zimmer und bisher war er jedes Mal wach geworden, wenn Richard sich nur in seinem Bett umgedreht hatte. Zu groß war seine Angst, noch einen Bruder zu verlieren. Außerdem traute der Ältere sich nicht einmal, nachts allein aufs Klo zu gehen, obwohl das Bad direkt gegenüber lag. Und der nannte ihn ernsthaft einen Feigling? Thommy verbiss sich jeden boshaften Kommentar. Was hätte es ihm gebracht, Richards Tarnung auffliegen zu lassen und ihn damit bloßzustellen? Nach allem, was passiert war, war es sicherlich besser zusammenzuhalten.

„Ich will keinen Ärger mit Mama", sagte er stattdessen.

Richard verdrehte entnervt die Augen: „Sie muss es doch gar nicht merken, Schwachkopf! Wenn du es geschickt anstellst, wird sie nie von unserer kleinen Mutprobe erfahren."

Einen Moment lang dachte Thommy über die Worte seines Bruders nach. Im Gegensatz zu Richard hatte er keine Angst vor dem, was ihn im verbotenen Zimmer erwarten würde. Ihm ging es einzig und allein darum, die Gefühle seiner Eltern nicht noch mehr zu verletzen.

„Aber wenn, dann würde es ihr das Herz brechen", dachte Thommy laut nach.

„Du benutzt sie doch nur als Ausrede für deine eigene Feigheit", fuhr Richard ihn an.

In Thommy arbeitete es. Seine Gedanken überschlugen sich. In letzter Zeit reizte es ihn mehr und mehr, sich dem Wunsch seiner Mutter zu widersetzen. Seitdem ihr ältester Bruder Benny spurlos verschwunden war, war es ihnen ausdrücklich verboten, sich seinem Zimmer auch nur zu nähern. Es lag am Ende des langen Flures im ersten Stock, sodass sie nicht täglich daran vorbeigehen mussten. Der Schmerz und die Trauer blieben dennoch und waren im ganzen Haus mit Händen zu greifen.

Nur Thommy wusste, dass seine Mutter die einzige in der Familie war, die sich nicht an ihr eigenes Verbot hielt. Als er vor einigen Wochen wegen Fiebers nicht in die Schule gehen konnte, hatte er mitbekommen, dass sie sich vormittags in Bennys Zimmer schlich. Kurze Zeit später hatte er ihr Schluchzen gehört. Auf Zehenspitzen war er den Flur entlanggehuscht und hatte einen Blick durch das Schlüsselloch geworfen. Seine Mutter hatte vor dem Bett seines Bruders gekniet, das Gesicht weinend in den Händen vergraben. Seit jenem Tag wollte auch er einmal dort hinein, um Benny wieder ganz nah zu sein.

„Also gut, ich mach's!", platzte er schließlich heraus. Richard starrte ihn aus weit aufgerissenen Augen an. Er war blass geworden.

„Heute Nacht", fügte Thommy hinzu, „werde ich dir beweisen, dass ich kein Feigling bin."

Thommy erinnerte sich genau an seinen letzten Tag mit Benny. Als wäre es gestern gewesen, konnte er jedes noch so kleine Detail abrufen, sobald er die Augen schloss.

Es war ein heißer Augusttag. Die Schule hatte noch nicht wieder begonnen und die drei Jungs verbrachten jede freie Minute draußen. Wenn sie nicht an den See gingen, um sich abzukühlen, streiften sie als Räuber und Gendarm durch die umliegenden Wälder oder sie saßen in der alten Rotbuche im Garten und bauten an ihrem Baumhaus.

An jenem Nachmittag saßen Thommy und Benny im Schatten ebendieses Baumes und tranken Limonade. Sie hatten keine Ahnung, wo Richard sich herumtrieb und um ehrlich zu sein, war es ihnen auch egal. Richard konnte eine ziemliche Nervensäge sein und obwohl er nur anderthalb Jahre jünger war als Benny, gab dieser sich lieber mit dem kleinen Thommy ab, der damals kurz vor der Einschulung stand.

Thommy nahm einen großen Schluck Limonade, dann deutete er mit dem Kinn auf das halb fertige Baumhaus über ihnen: „Was meinst du, wann wir damit fertig werden?"

„Hoffentlich nicht, bevor du mit deinen zwei linken Händen lernst, einen Nagel gerade einzuhauen", lachte Benny. Als er den verletzten Blick seines kleinen Bruders sah, zauste er ihm die Haare: „War bloß Spaß, Kleiner! Du stellst dich sehr geschickt an. Wahrscheinlich bist du sogar der handwerklich Begabtere von euch."

Benny nannte keinen Namen, doch sie wussten beide, dass er Richard damit meinte. Sie liebten ihn. Wirklich. Doch sie empfanden nicht dasselbe für ihn wie füreinander.

Ehe sie ihre Unterhaltung fortsetzen konnten, raste Richard auf seinem Fahrrad in den Hof. Wenige Meter vor dem Baum, unter dem sie saßen, machte er eine Vollbremsung. Dabei brach sein Hinterreifen aus und hüllte sie in eine Wolke aus Staub und aufspritzendem Kies.

"Ach, komm schon, Richie! Musst du dich immer wie ein Vollidiot benehmen?", rief Benny und hielt sich einen Arm schützend vors Gesicht.

"Sorry, Mann! Wollte euer Kaffeekränzchen nicht stören", antwortete Richard, "aber drüben auf der Wiese bei der alten Mühle steigt gleich ein Fußballspiel gegen die Trottel aus'm Nachbardorf und wir könnten noch 'nen guten Stürmer brauchen."

Sofort war Benny auf den Beinen und klopfte sich den Staub von der Hose: "Na, dann nichts wie los!"

Auch Thommy kam mühsam hoch und wollte sein Fahrrad holen.

"Nee, Kleiner, du bleibst natürlich hier!", sagte Richard und verdrehte die Augen. "Was sollten wir mit dir Zwerg auch anfangen? Dich als Eckfahne benutzen?" Sein gackerndes Lachen versetzte Thommy einen Stich.

Enttäuscht ließ er sich zurück ins Gras plumpsen. Er merkte, dass Tränen in ihm aufstiegen. Doch vor Richard zu weinen, kam nicht in Frage. Benny schwang sich auf sein Rad und warf ihm einen aufmunternden Blick zu. Als die beiden vom Hof fuhren, drehte er sich noch einmal um und reckte Zeige- und

Mittelfinger der rechten Hand in die Luft. Richard tat es ihm grinsend gleich. Er mochte es für ein Victory-Zeichen halten, doch Thommy wusste es besser. Benny und er hatten dieses Zeichen vereinbart, wenn ihr Bruder ihnen mal wieder auf die Nerven ging. Wir zwei gegen den Rest der Welt - und vor allem gegen Richard - sollte es besagen. Thommy musste lachen.

Als seine Brüder abends verschwitzt nach Hause kamen, zeugten ihre geröteten Wangen und die strahlenden Augen von einem glorreichen Sieg, den die beiden beim Abendbrot in allen Einzelheiten schilderten. Ihre Mutter, die Thommys sehnsüchtige Blicke bemerkte, strich ihm sanft über den Kopf. Dann sagte sie: "Beim nächsten Mal nehmt ihr euren Bruder mit."

Noch ehe Richard widersprechen konnte, fügte sie hinzu: "Wenn er auch zum Mitspielen noch zu klein sein mag. Aber er wird bestimmt einen ausgezeichneten Balljungen abgeben."

Nur dass es kein nächstes Mal mehr geben sollte.

Als es Zeit war, zu Bett zu gehen - damals hatte jeder von ihnen noch sein eigenes Zimmer - rief Richard ihnen auf dem Flur zu: "Und macht euch heut Nacht nicht wieder in die Hosen!"

Dann ließ er die Tür hinter sich ins Schloss fallen. Thommy und Benny warfen sich einen belustigten Blick zu. Zeitgleich hoben sie Zeige- und Mittelfinger zu ihrem geheimen Gruß. Bevor Benny in sein Zimmer ging, zwinkerte er dem Jüngeren noch einmal zu. Es sollte das letzte Mal sein, dass Thommy seinen Bruder sah.

Am nächsten Morgen stürmte ihre Mutter in sein Zimmer.

"Ist Benny bei dir?", rief sie. Da sie mit einem Blick erkannte, dass dem nicht so war, machte sie sich gar nicht erst die Mühe, etwas zu erklären. Sie rannte so schnell aus dem Zimmer wie sie hereingekommen war und Thommy hörte, dass sich die Szene in Richards Zimmer wiederholte. Ihre schnellen Schritte auf der Treppe und der beinahe hysterische Ton in ihrer Stimme, als sie nach seinem Vater rief, verrieten Thommy, dass sie Benny auch in Richards Zimmer nicht gefunden hatte.

Benny hatte seiner Mutter bei der Gartenarbeit helfen wollen, war aber nicht zur vereinbarten Zeit in die Küche gekommen. Als ihre Mutter ihn wecken wollte, war sein Bett zwar zerwühlt, aber leer. Das Fenster seines Zimmers stand wie immer weit offen. Und von Benny fehlte jede Spur. Auch bis zum Abend, nachdem zunächst ihre Eltern rufend durch die nähere Umgebung gelaufen waren und sich später sogar ein kleiner Suchtrupp aus gut zwanzig Männern formiert hatte, blieb die Suche erfolglos.

Dem Vater widerstrebte es, zu so einem frühen Zeitpunkt die Polizei einzuschalten - "Was ist, wenn der Junge sich nur einen kleinen Scherz mit uns erlaubt?" - doch ihre Mutter bestand darauf.

"Richard? Ja. Thommy? Vielleicht. Aber Benny würde so etwas niemals tun. Er. Ist. Nicht. Weggelaufen!", sagte sie.

Die Polizei, die kurz nach Sonnenuntergang auftauchte, glaubte jedoch nicht an ihre Theorie, dass jemand in Bennys Zimmer eingestiegen war und ihn entführt hatte. Da es keine Spuren in seinem Zimmer für ein gewaltsames Eindringen oder gar einen Kampf gab, lag es für die Beamten auf der Hand, dass Benny aus dem Fenster geklettert und abgehauen war. In der Regel tauchten die kleinen Ausreißer nach wenigen Tagen wieder auf.

Doch Benny blieb verschwunden. Als dieselben Polizisten eine Woche später wiederkamen, glaubten sie nach wie vor nicht an eine Entführung. Vielmehr äußerten sie nun den Verdacht, es könne sich ein Familiendrama abgespielt haben.

"Vielleicht gab es Streit unter den Jungs", meinte einer der beiden, "ein böses Wort ergibt das andere, einer der Brüder rastet aus, gibt dem Älteren einen Schubs und der stürzt die Treppe hinunter und bricht sich das Genick."

"Oder war der Junge ungezogen?", setzte der zweite Beamte noch eins obendrauf. "Sie wollen ihm das nicht durchgehen lassen. Doch die Situation entgleitet Ihnen, der Junge bleibt stur, wird unverschämt. Da rutscht einem von Ihnen die Hand aus. Vielleicht fester als beabsichtigt. Der Junge schlägt mit dem Kopf unglücklich auf und plötzlich ist er tot."

Der Vorwurf, sie hätten Benny anschließend gemeinsam im Wald verscharrt, hing unausgesprochen in der Luft. Das war der Moment, als ihrem Vater der Kragen platzte. Mit tiefrotem Gesicht und schlimmste Flüche ausstoßend, verwies er die Polizisten des Hauses. Er schrie noch, als die beiden schon lange vom Hof gefahren waren. Schließlich brach er keuchend am Küchentisch zusammen und vergrub den Kopf im Schoß seiner

148

leichenblassen Frau. Es war das erste und einzige Mal, dass Thommy seinen Vater weinen sah.

Da die Spurensicherung keinerlei Blutspuren oder andere Hinweise auf ein Gewaltverbrechen gefunden hatte, blieb die Polizei bei ihrer ursprünglichen Theorie, dass der Junge einfach abgehauen war. Dass Benny keinen Grund dafür gehabt hatte, spielte dabei keine Rolle. Auch in den lokalen Nachrichten wurde wild über Gründe für das Verschwinden des damals Zehnjährigen spekuliert. Häusliche Gewalt kam auch hier ebenso zur Sprache wie Auswüchse einer frühpubertären Trotzigkeit. Für Thommys Mutter waren beide Erklärungen inakzeptabel und so zerbrach sie nicht nur am Verlust ihres ältesten Sohnes, sondern auch an den stummen und offen ausgesprochenen Vorwürfen der Öffentlichkeit.

Je mehr Zeit verging, desto sicherer war Thommy, dass Benny nicht wieder auftauchen würde. Er wusste, dass seine Mutter immer die Hofeinfahrt im Blick behielt, damit sie sofort sah, wenn Benny nach Hause zurückkehrte. Er selbst glaubte nicht an Wunder. Was auch immer in jener Nacht geschehen war, wo Benny jetzt sein mochte und warum, tief in seinem

Innern fühlte Thommy, dass er seinen Bruder nie wiedersehen würde.

Es war bereits nach zweiundzwanzig Uhr und eine gespenstische Stille lag über dem Haus. Richard und Thommy hatten abgewartet, bis ihre Eltern sich schlafen gelegt hatten. Jetzt saßen sie auf Thommys Bett und Richard leuchtete ihm mit einer Taschenlampe ins Gesicht.

"Die Regeln sind ganz einfach", erklärte er, "um die Mutprobe zu bestehen, musst du die ganze Nacht in Bennys Zimmer bleiben und in seinem Bett schlafen."

Thommy nickte. Das hatten sie nun bestimmt schon dreihundertmal durchgekaut.

"Und verschlaf morgen früh nicht!", fügte Richard in strengem Ton hinzu. "Mama und Papa dürfen auf gar keinen Fall merken, dass du da drin warst."

Wieder nickte Thommy. Er war doch kein Idiot! Immerhin wurde er nächsten Monat schon acht. So alt wie Richard gewesen war, als Benny verschwand.

Feierlich überreichte der Ältere ihm die Taschenlampe. Dann begleitete er ihn bis zur Tür. Als Thommy in den dunklen Flur hinaustrat, konnte er die Anspannung seines Bruders spüren. Er war sich sicher, dass Richard heute Nacht kein Auge zumachen würde. Thommy grinste in sich hinein. Fragt sich nur, wer hier der Feigling ist, dachte er. Dann schlich er sich den langen Flur entlang. Mit jedem Schritt wuchs seine Nervosität. Als er bei Bennys Zimmer angekommen war, drehte er sich noch einmal um. Richard stand in ihrer Zimmertür und sah ihm nach. Thommy winkte ihm kurz zu. Dann drückte er die Klinke hinunter und glitt lautlos in die Finsternis.

Als die Tür hinter ihm ins Schloss fiel, schlug ihm das Herz bis zum Hals. Mehrmals atmete er den muffigen Geruch nach abgestandener Luft und Staub tief ein. Seine Augen gewöhnten sich nur langsam an die Dunkelheit. Da fiel ihm die Taschenlampe ein, die er mit einer seiner schweißnassen Hände fest umklammerte. Er schaltete sie ein und ließ ihren Lichtkegel über Wände und Möbel gleiten.

Nichts hatte sich seit Bennys Verschwinden verändert. Der Schreibtisch war aufgeräumt, nur ein Stapel Schulbücher erinnerte daran, dass sein Bruder stets ein fleißiger Lerner gewesen war. Auf den Regalen reihten sich unzählige Pokale aneinander, die Benny in der

Schule und auf dem Fußballplatz für seine herausragenden sportlichen Leistungen erhalten hatte. Thommy stieß einen erleichterten Seufzer aus. Es war nicht gerade so, dass er den Geist seines Bruders hier drinnen erwartet hatte, aber mit der vertrauten Behaglichkeit des Raumes hatte er ebenfalls nicht gerechnet. Er setzte sich auf Bennys Bett und sah aus dem Fenster in die mondlose Nacht hinaus. Er wartete darauf, dass er eine gewisse Nähe zu seinem Bruder spüren würde. Nichts geschah. Thommy ließ sich in die Kissen sinken und vergrub sein Gesicht darin. Er rechnete mit dem Geruch von Seife, frisch gemähtem Gras oder vom Laufen verschwitzten Hemden - Gerüche, die ihn für immer an Benny erinnern würden. Doch auch hier umfing ihn nur der Mief der letzten zwei Jahre. Thommy hatte sich immer ausgemalt, dass ein Ausflug in das verbotene Zimmer ein großes Abenteuer sein würde, eine Reise zu seinem verschwundenen Bruder, eine Explosion der schönsten Erinnerungen. Stattdessen war es eine einzige bittere Enttäuschung. Hätte Richard nicht mit seinem Versagen gerechnet, wäre Thommy in sein Zimmer zurückgekehrt - nicht aus Angst, sondern mit der Erkenntnis, dass nichts und niemand ihnen ihren Bruder zurückbringen konnte. Doch die Spielregeln verlangten, dass er in Bennys Bett schlief. Also kuschelte er sich in die Decke ein und nur Sekunden, nachdem er die Taschenlampe ausgeschaltet hatte, fielen ihm die Augen zu.

Er erwachte, weil ihm ein kühler Lufthauch über das Gesicht strich. Noch immer war es stockfinster in dem kleinen Zimmer. Lange konnte er demnach nicht geschlafen haben. Trotz der Dunkelheit erkannte er, woher der Lufthauch kam. Das Fenster über Bennys Bett stand offen und die Vorhänge wehten sanft hin und her. Wenn Thommy etwas weniger schlaftrunken gewesen wäre, hätte er vielleicht darüber nachgedacht, dass dieser Umstand seltsam war, denn als er das Zimmer betreten hatte, war das Fenster fest verschlossen gewesen. So aber drehte er sich mit dem Gesicht zur Wand, um wieder sanft in Schlaf hinüber zu ... Was war das? Plötzlich waren all seine Sinne geschärft und er selbst hellwach. Hatte er eben ein Geräusch gehört? Ein Schaben? Ein Kratzen?

Sein Herz fühlte sich mit einem Mal an, als wolle es zerspringen. Sein Atem ging flach und er wagte nicht, sich auch nur einen Millimeter zu rühren. Angestrengt lauschte er in die Stille.

Doch alles, was er hören konnte, war das Rauschen des Blutes in seinen eigenen Ohren. Er konnte nicht abschätzen, wie lange er schon reglos so lag, aber es kam ihm vor wie eine Ewigkeit. Und alles blieb still. Wahrscheinlich hatte er sich das seltsame Schaben nur eingebildet oder es in seinem Traum gehört. Langsam entspannten sich seine Muskeln wieder und der Puls normalisierte sich.

Da war es wieder! Ein Geräusch, als würde eine Katze über glattes Holz kratzen. Aber sie hatten keine Haustiere. Sofort beschleunigte sich Thommys Herzschlag wieder. Noch einmal das Schaben. Ob sich Ratten auf dem Dachboden über ihm eingenistet hatten? Mama würde ausflippen! Er lauschte weiter in die Dunkelheit und als er das Geräusch wieder hörte, war er sicher, dass es von unter dem Bett kam.

Was mochte dort unten sein? Thommy spürte, dass er eine Gänsehaut bekam und kalter Schweiß rann ihm den Rücken hinunter. Sein Herz hämmerte wie wild gegen seine Brust und schlug einen trommelnden Rhythmus der Angst. Aber er war ein großer Junge! An Ungeheuer, die unter dem Bett lauerten, glaubte er schon lange nicht mehr.

Schließlich siegte die Neugier über seine Angst. Er griff nach der Taschenlampe. Langsam drehte er sich in Bennys Bett um. Sein Herz raste noch immer. Fast erwartete er, dass ein fremder Eindringling hinter ihm stehen würde. Doch als er die Taschenlampe einschaltete und ihren Lichtstrahl hektisch durchs Zimmer gleiten ließ, war alles beim Alten. Nur das unregelmäßige Kratzgeräusch unter dem Bett erinnerte ihn, dass eben doch etwas anders war. Thommy schlug die Bettdecke zurück und kniete sich hin. Die einzige Möglichkeit, um heute Nacht Schlaf zu finden, war, einen Blick unter das Bett zu werfen und sich zu vergewissern, dass es eine einfache, harmlose Erklärung für dieses seltsame Schaben gab.

Obwohl er sich vor wenigen Augenblicken noch gut zugeredet hatte, schnürte es ihm jetzt doch die Kehle zu. Seine Zunge lag wie ein vertrockneter toter Fisch in seinem Mund und blieb unangenehm am Gaumen kleben. Im Nacken spürte er ein leichtes Kribbeln. Die Taschenlampe hielt er so fest umklammert, dass seine Finger bereits zu schmerzen begannen. Doch das alles nahm Thommy kaum war. Innerlich zählte er langsam bis zehn. Dann beugte er sich kopfüber nach vorne und spähte unter das Bett.

Zwei rot glühende Augen starrten ihn an. Thommy schnellte zurück aufs Bett. Die Taschenlampe flog im weiten Bogen durchs Zimmer, landete neben Bennys Schreibtisch und erlosch. Thommy unterdrückte einen Schrei. Er presste sich gegen die Wand, die Knie unters Kinn gezogen. Sein Herz raste und er zitterte am ganzen Körper. Seine Zähne schlugen unkontrolliert aufeinander. Schwer keuchend saß er in der Dunkelheit. Die rot glühenden Augen hatten sich in seine Netzhaut gebrannt und schienen nun in der Schwärze des Zimmers vor ihm auf und ab zu tanzen. Plötzlich wurde das kratzende Geräusch lauter. Regelmäßiger. Thommy glaubte, jeden Moment den Verstand zu verlieren.

Wie um ihm beizustehen, begann die Taschenlampe zu flackern. Bitte geh wieder an, bitte geh wieder an, schrie es in Thommys Kopf. Für einen kurzen Moment wurde das Flackern schwächer, dann erwachte der Lichtstrahl zu neuem Leben. Er bahnte sich seinen Weg quer durch Bennys Zimmer und endete schließlich wenige Zentimeter von Thommys Zehen entfernt an der Bettkante. In seinem Schein konnte Thommy sehen, wie sich eben eine Klaue unter dem Bett hervorschob. Die langen, knochigen Finger gingen in spitze Krallen über, die den Fängen eines Bären glichen. Die Klaue tastete über Bettdecke und Matratze. Sie suchte etwas. Sie suchte ihn. Thommy öffnete den Mund. Er spürte, wie ein Schrei des Entsetzens in ihm aufstieg, doch heraus kam nicht mehr als ein lautloses Krächzen. Er musste hier raus! Raus aus diesem Bett. Raus aus diesem Zimmer. Doch er war wie paralysiert, sein Körper gehorchte ihm nicht mehr. Regungslos kauerte er noch immer an der Wand und starrte auf die Klaue, die sich seinen Füßen immer weiter näherte.

Als eine der Krallen seinen großen Zeh berührte, durchzuckte es Thommy wie ein Blitz. Er konnte keinen klaren Gedanken mehr fassen. In Panik trat er wie wild um sich, den lautlosen Schrei noch immer auf den Lippen. Die Bettdecke rutschte auf den Boden. Mit der Faust schlug er nach der Hand, die nach ihm griff. Doch er war in die Ecke getrieben, sein Rücken presste sich schmerzend gegen die kalte Wand und er wusste, dass es keine Fluchtmöglichkeit gab.

Das Ding, was auch immer es war, packte ihn am Fuß und legte seine Finger wie einen

Schraubstock um seinen Knöchel. Dort, wo es seine Haut berührte, schien diese zu versengen. Thommy wollte schreien, doch wieder brachte er nicht mehr als ein klägliches Wimmern zustande. Mit einem Ruck zog das Ding an seinem Fuß. Überrascht von der Heftigkeit, riss es Thommy herum und er landete auf dem Bauch. In Panik krallte er seine Finger in die Matratze, während das Ding ihn vom Bett zu ziehen versuchte. Thommy warf einen Blick über die Schulter. Nun lugten auch die rot glühenden Augen über die Bettkante. Und obwohl Thommy keine Gesichtszüge erkennen konnte, hatte er den Eindruck, dass das Ding in freudiger Erwartung lächelte. Er presste das Gesicht gegen die Matratze. Heiße Tränen quollen aus seinen Augen. Heute Nacht würde er erfahren, was mit Benny geschehen war. Heute Nacht würde er seinen Bruder wiedersehen. Diese Erkenntnis traf ihn mit voller Wucht. Er klammerte sich weiter an die Matratze, doch er spürte, dass ihn die Kraft verließ. Dass er den Halt verlor. Das Ding zog ihn immer weiter Richtung Bettkante. Thommy konnte den heißen Atem an seinem Fuß spüren. Bitte lass es einen Traum sein, flehte er. Bitte mach, dass es nur ein böser Traum ist. Dann biss das Ding zu.

Richard hatte fast die ganze Nacht kein Auge zugetan. Erst in den frühen Morgenstunden hatte er ein wenig Schlaf gefunden. Als nun die Sonne ihre ersten rötlichen Strahlen durchs Fenster warf, schreckte er hoch. Nervös sah er zu Thommys Bett hinüber, das noch immer leer war. Mist, der Kleine hatte also doch verschlafen! Richard sah auf die Uhr. Kurz vor sieben. Seine Eltern konnten jeden Moment aufwachen. Wenn er eine Katastrophe verhindern wollte, musste er sofort handeln.
Er schwang die Beine über die Bettkante und tapste durchs Zimmer. Leise öffnete er die Tür und spähte in den Flur hinaus. Alles war still. Nur aus dem Schlafzimmer der Eltern drang leises Schnarchen. Erleichtert atmete Richard durch. Auf Zehenspitzen schlich er sich über den Flur, bis er vor Bennys Zimmertür stand. Vorsichtig drückte er die Klinke nach unten. Als erstes sah er die Taschenlampe, die neben Bennys Schreibtisch gerollt war. Thommy hatte vergessen, sie auszuschalten. Missmutig trat er ins Zimmer. Was für eine Batterieverschwendung!

Er hob die Taschenlampe auf und wollte sie ausknipsen. Als er den Blick hob, durchzuckte es ihn, als hätte er einen Stromschlag bekommen. Sein Mund verformte sich zu einem O, die Taschenlampe glitt ihm aus den Händen und fiel wieder zu Boden. Richard starrte auf das Bett seines älteren Bruders. Das Fenster stand offen. Die Bettdecke lag auf dem Boden. Das Bettlaken war zerwühlt. Doch von Thommy fehlte jede Spur.

Die Besucherin

Ein Schleier hat sich über meinen Kopf gelegt. Dichte Nebelschwaden wabern durch mein Bewusstsein und machen das Denken schwer. Gedanken dringen nur sehr zähflüssig an die Oberfläche und ich nehme alles um mich herum nur mehr gedämpft wahr. Geräusche und Stimmen verschwimmen zu einem seltsamen Einerlei, das ich nicht zu filtern imstande bin. Ich halte die Augen fest geschlossen und lasse es mit mir geschehen.

Der Nebel kommt in letzter Zeit immer häufiger zu Besuch. Doch nach einer Zeit verzieht er sich wieder. Es ist dann, als würde ich aus einem unruhigen Schlaf erwachen oder nach einem langen Tauchgang wieder an die Wasseroberfläche kommen. Als der Nebel mich zum ersten Mal heimgesucht hat, habe ich es mit der Angst zu tun bekommen. Doch mittlerweile ist er mir ein guter Freund geworden. Ich mag es, wenn er zu mir kommt. Dann kann ich mich ganz auf mich und meine Erinnerungen konzentrieren. In diesen verschwommenen Momenten denke ich viel über früher nach, über meine Zeit als junger Mann.

Damals hatte ich mein Leben noch vor mir, mit all seinen Facetten und Unwägbarkeiten. Ich war kräftig, tatendurstig und fühlte mich, als könnte ich die Welt erobern. Zu jener Zeit lernte ich auch Mathilda kennen. Sie war siebzehn, drei Jahre jünger als ich, und ihre tiefgrünen Augen und das in sanfte Wellen gelegte blonde Haar zogen mich sofort in ihren Bann. Sie arbeitete im Eisenwarenladen ihres Onkels als Aushilfe. Sofort als ich sie sah, wusste ich, dass ich sie ausführen musste. Auch wenn sie sich anfangs in schicklicher Zurückhaltung übte, konnte sie meinen immer drängender werdenden Avancen nicht lange standhalten. Unserem ersten Rendezvous folgte sehr bald der erste Kuss. Der Duft von Maiglöckchen stieg mir in die Nase, als ich mein Gesicht an Mathildas Hals vergrub, und ich wusste, dass ich mit dieser Frau mein ganzes Leben verbringen wollte. Vom Tag unserer Hochzeit an waren wir nie länger als einen Tag voneinander getrennt. Wir wurden eins und es fühlte sich gut an. Noch heute träume ich oft von meiner großen Liebe. Dann kann ich Mathildas Hand in meiner spüren, ihre zarten Lippen schmecken und den Klang ihres fröhlichen Lachens hören. Der Nebel hilft mir dabei. Er ist mein Verbündeter und ich empfange ihn gern.

Eine Berührung reißt mich aus meinen Gedanken. Viel zu schnell muss ich mich von meinen Erinnerungen an Mathilda trennen. Jemand hat mir eine Hand auf die Schulter gelegt. Ein untrügliches Zeichen dafür, dass man von mir erwartet, an die Oberfläche zurückzukehren. Langsam öffne ich meine Augen und blinzle für einen Augenblick gegen das Licht. Immer noch trübt ein Schleier meinen Blick. Ein junger Kerl in einem weißen Kittel steht neben mir. Ich glaube, es ist derselbe, der mir vorhin das Mittagessen gebracht hat. Das Tablett steht immer noch unberührt vor mir auf dem Tisch. Wenn der Nebel kommt, um mich zu Mathilda zu bringen, habe ich keine Zeit, etwas zu essen.

„Hatten Sie wieder keinen Hunger, Herr Wartberg?", fragt der junge Kerl mich. Auf seinem Namensschild steht Micha. Ich wüsste nicht, was diesen Micha mein Essverhalten angeht. Hat er mich etwa nur deswegen aus meinen Gedanken gerissen, um mich wegen des Essens zu belästigen?

„Sie haben Besuch", meint Micha jetzt und deutet mit dem Kopf auf einen Punkt, der sich hinter mir befindet. Vorsichtig, so schnell meine alten Knochen es zulassen, drehe ich mich auf meinem Stuhl in die angezeigte Richtung.

Vor mir sitzt eine fremde Frau in einem braunen Kostüm. Mathilda hätte die Farbe sicherlich genauer bestimmen können. Ich habe mir aus solchen Dingen nie etwas gemacht. Die Frau hat ihre besten Jahre offensichtlich schon hinter sich, dennoch ist sie immer noch sehr attraktiv. Um ihre Augen haben sich feine Lachfältchen gebildet und auch ihren Mund umspielen – wenngleich tiefer – einige Falten. Ihr graues Haar hat sie zu einem ordentlichen Knoten zusammengefasst.

Mit erwartungsvollem Blick lächelt sie mich freundlich an, obwohl ich nicht die leiseste Ahnung habe, wer sie ist oder was sie von mir will. Ich warte, gebe ihr Zeit, sich zu erklären. Doch sie schweigt. Dabei sieht sie mich unablässig an, als wolle sie mich erforschen. Ab und an wirft sie Micha einen fragenden Blick zu, doch der steht ebenso erwartungsfroh nur dümmlich grinsend neben mir.

Irgendwann wird es mir zu bunt. „Was wollen Sie?", frage ich die Frau und bemühe mich um einen halbwegs höflichen Ton.

Sofort verschwindet das Lächeln und ihre Augen verdunkeln sich.

„Aber Karl, erkennst du mich denn nicht?" Ihre Hand greift nach der meinen. Sie ist übersät mit kleinen, hellbraunen Altersflecken. Ich will nicht, dass sie mich berührt. Schnell ziehe ich meine Hand weg.

Enttäuscht sieht sie zu Micha hinüber. Ich kann nicht sehen, wie er reagiert, weil er nun schräg hinter mir steht. Es ist mir auch egal. Diese Frau soll verschwinden. Ich möchte meine Ruhe haben. Zurückkehren in den Nebel. Zu meiner Mathilda.

„Ich kenne Sie nicht und ich bitte Sie höflichst, jetzt zu gehen", sage ich. Für einen kurzen Moment, nicht länger als ein Wimpernschlag, reißt sie entsetzt die Augen auf. Schnell erlangt sie ihre Fassung zurück. Wieder lächelt sie. Doch dieses Mal wirkt es gequält.

„Erinnerst du dich nicht, dass ich gestern auch schon hier war?", fragt sie.

Sie muss verrückt sein. Was glaubt sie denn, mit wem sie es zu tun hat? Als wüsste ich nicht ganz genau, dass ich sie noch nie in meinem

Leben gesehen habe. Diese impertinente Person geht mir langsam aber sicher auf die Nerven.

„Machen Sie sich nicht lächerlich!", raunze ich sie an.

Wenn man bei dieser Art Mensch mit Höflichkeit nicht weiterkommt, muss man notgedrungen einen anderen Ton anschlagen.

„Verschwinden Sie endlich und lassen Sie mich in Frieden!"

Die Frau schlägt die Augen nieder. Sie schluckt schwer. Als sie mich erneut ansieht, scheint sie kurz davor, in Tränen auszubrechen. Ihr Blick ist flehend, als sie noch einmal das Wort an mich richtet: „Karl, ich bin es doch. Mathilda."

Das ist ja wohl die Höhe! Was bildet diese Weibsperson sich ein? Taucht hier auf, sagt nicht einmal, was sie von mir möchte, und behauptet nun, meine Frau zu sein. Eine unbändige Wut steigt in mir auf. Mit beiden Händen klammere ich mich an der Tischplatte fest, um ihr nicht ins Gesicht zu schlagen.

„Halten Sie den Mund!", presse ich aus zusammengebissenen Zähnen hervor. „Und wagen Sie es nicht noch einmal, den Namen meiner Frau zu beschmutzen!"

In einem letzten kläglichen Versuch, mich zu täuschen, streckt sie die Hand nach mir aus. Mit einer schnellen, geschmeidigen Bewegung, die ich mir selbst kaum zugetraut hätte, wische ich das Tablett mit meinem Mittagessen vom Tisch. Scheppernd landet das Plastikgeschirr auf dem Boden und verteilt seinen matschigen Inhalt vor Michas Füßen. Die Frau reißt entsetzt die Augen auf und tritt endlich einen Schritt zurück. Zufrieden drehe ich mich von ihr weg und starre demonstrativ an ihr vorbei gegen die Wand. Aus dem Augenwinkel sehe ich, dass Micha auf die Frau zugeht und ihr tröstend einen Arm um die Schulter legt. Er führt sie einige Meter von mir weg und flüstert leise auf sie ein. Wahrscheinlich denken die beiden, dass ich sie so nicht hören kann. Aber meine Ohren funktionieren noch ausgezeichnet.

„Was ist denn bloß in ihn gefahren?", fragt die Frau.

„Er scheint heute einen schlechten Tag zu haben", raunt Micha. „Darauf müssen Sie sich bei seinem Krankheitsverlauf leider einstellen."
Woher will der Kerl bitteschön wissen, ob ich einen schlechten Tag habe? Ich habe, ganz im Gegenteil, einen ausgezeichneten Tag. Bessergesagt hatte. Solange, bis diese

unmögliche Person hier aufgetaucht ist und mich belästigt hat. Und von welcher Krankheit schwadroniert das Bürschchen überhaupt? Hält er sich etwa für einen Arzt? Mir geht es hervorragend. Noch besser ginge es mir, wenn ich mich endlich wieder in meine Gedanken vertiefen dürfte.

Die Frau weint jetzt. Ihr ganzer Körper erzittert unter den heftigen Schluchzern. Micha reicht ihr ein Taschentuch.

„Es tut mir leid, Frau Wartberg", sagt er schließlich. „Versuchen Sie es doch morgen noch einmal. Vielleicht ist er bis dahin wieder klar."

Mit hängenden Schultern geht die Frau Richtung Ausgang. Endlich! Ich lehne mich zurück und schließe die Augen. Ehe ich mich wieder ganz dem Nebel ergeben kann, weht ein sanfter Luftzug den Geruch der Fremden zu mir herüber. Maiglöckchen.

Billbrook Ijime [1]

Sobald die Haustür des schäbigen, blassgrünen Wohnblocks hinter ihnen ins Schloss gefallen war, senkte Martin beschämt den Kopf und scharrte mit seinen verblichenen Discounter-Turnschuhen im feinen Kies, der auf allen Zugangswegen der Wohnanlage ausgestreut war. Seitdem seine Mutter ihn und Chiyo aus der Vierzimmerwohnung geworfen hatte, war ihm mehr und mehr eine unangenehme Hitze in den Kopf gestiegen. Er benötigte keinen Spiegel, um zu wissen, dass sein Gesicht unnatürlich leuchtete. Noch immer hallten ihm die harschen Worte seiner Mutter in den Ohren und er wagte es nicht, den Blick zu heben. Zu groß war seine Angst, in Chiyos verständnislose Augen sehen zu müssen. Erst als er knirschende Geräusche wahrnahm, die sich von ihm entfernten, sah er auf. Chiyo hatte bereits einige Meter zwischen sich und ihn gebracht. Ihren knallbunten

---

[1] Billbrook ist ein Stadtteil Hamburgs
Ijime ist Japanisch für Schikane, Demütigung

Hartschalenkoffer zog sie mühsam hinter sich her.

„Wo willst du denn hin?" Als Chiyo nicht auf ihn reagierte, versuchte er es noch einmal, verzweifelter: „Jetzt warte doch!"

Schließlich setzte er ihr hastig nach und griff nach ihrem Koffer, wobei seine Hand kurz die ihre streifte. Sie warf ihm einen wütenden Blick zu.

„Lass mich doch wenigstens deinen Koffer tragen. Bitte!" Es schien Martin, als würden sich die Gesichtszüge seiner Freundin ein wenig entspannen.

Tatsächlich ließ sie den Koffer los, trat gleichzeitig jedoch einen Schritt zurück. Dass sie derart auf Abstand ging, versetzte ihm einen Stich. Noch immer hatte er Probleme, ihr in die Augen zu schauen. Stattdessen ließ er seinen Blick über die Fassade seines verhassten Zuhauses wandern. Das ohnehin hässliche Grün lag unter einer dunklen Schicht aus Schmutz und Abgasen und wirkte dadurch noch abstoßender. An verschiedenen Stellen war der Putz bereits von der Wand geplatzt und unter einigen Fenstern hatte das Regenwasser unschöne Schlieren und Flecken hinterlassen. Erst jetzt wurde dem Jungen bewusst, wie sehr er sich schämte, hier leben zu müssen. Das luxuriöse Appartement von Chiyos Eltern in Niigata bildete einen ebenso scharfen Kontrast zu dieser Baracke wie das unmögliche Verhalten seiner Mutter jedem Vergleich mit der herzlichen Gastfreundlichkeit der Tanakas spottete. Seine Einwände diesbezüglich hatte Marianne Bülow jedoch genauso ignoriert wie alle anderen Argumente, die er vorgebracht hatte.

Bestens gelaunt hatte er vor nicht ganz einer Stunde die Wohnungstür aufgeschlossen und Chiyo mit breitem Grinsen vor sich her in die Küche geschoben, wo seine Mutter am zusammenklappbaren Campingtisch saß und Kreuzworträtsel löste. Erleichtert hatte er festgestellt, dass Sven noch arbeiten war. Sein intelligenzbefreiter Stiefvater hätte bei Chiyos Anblick bestimmt nur eine peinliche Bemerkung über die „heiße Japsenmieze" gemacht.

Martin hatte erwartet, dass Marianne Bülow seinen Gast ebenso begeistert und warmherzig empfangen würde, wie er es in Niigata erfahren hatte. Doch ihr irritierter Blick und die hochgezogene linke Augenbraue hatten ihn schnell zurück auf den Boden der Realität geholt. Nachdem sie das asiatische Mädchen, das ihr freundlich lächelnd eine Hand entgegenstreckte, von oben bis unten gemustert hatte, wandte sie sich abrupt ihrem Sohn zu: „Ist das etwa...?"

„Das ist Chiyo Tanaka, meine Freundin aus Niigata. Sie bleibt für drei Wochen hier", schnitt Ben ihr gespielt freundlich das Wort ab und ergriff Chiyos Hand, die noch immer unbeachtet in der Luft hing.

„Martin, du kannst doch nicht einfach dieses Mädchen für drei Wochen aus Japan hier einfliegen lassen, ohne uns vorab davon zu erzählen oder nach unserem Einverständnis zu fragen. Das geht so nicht!"

Martin konnte spüren, dass Chiyos schockierter Blick auf ihm lastete. Zum ersten, aber nicht zum letzten Mal an diesem Tag, stieg ihm die Schamesröte ins Gesicht.

Seine Mutter sprach währenddessen ungerührt weiter: „Wie stellst du dir das überhaupt vor? Wir können doch für die nächsten drei Wochen nicht zu fünft hier hausen. Dafür haben wir doch viel zu wenig Platz!"

Martin fühlte einen unbändigen Zorn, der sich in ihm ausbreitete. Einen Zorn, der sich zuallererst gegen ihn selbst richtete. Wie hatte er nur so dumm und naiv sein können zu

172

glauben, seine Mutter würde eine gute Gastgeberin sein? Als er das Wort an sie richtete, kostete es ihn viel Selbstbeherrschung, damit sich seine Stimme nicht überschlug: „Wo ist denn dein Problem? Meine Kumpels dürften doch auch hier schlafen!"

Dass er schon seit Langem keine Freunde mehr hatte, die bei ihm hätten übernachten können, brauchte seine Mutter gerade jetzt nicht zu erfahren.

„Chiyo kann doch bei mir im Zimmer schlafen. Da nimmt sie euch schon keinen Platz weg!"

Marianne Bülow bedachte ihn mit einem Blick, der ganze Höllenschlunde mit einem Schlag gefrieren lassen konnte.

„Auf gar keinen Fall wirst du gemeinsam mit einem wildfremden Mädchen in ein und demselben Zimmer schlafen. Da könnte schließlich Gott weiß was passieren! Dafür übernehmen Sven und ich ganz sicher nicht die Verantwortung. Du bist immerhin erst fünfzehn!"

„Chiyo ist doch keine Wildfremde! Sie ist meine Freundin!", spie Martin seiner Mutter entgegen und erkannte im selben Moment an ihrem mitleidigen Lächeln, dass er ihr nun in die Falle gegangen war.

„Ich könnte in den nächsten drei Wochen doch auch im Wohnzimmer auf dem Sofa übernachten!", fügte er hastig hinzu.

Marianne Bülow machte eine wegwerfende Handbewegung und schüttelte vehement den Kopf: „Das Wohnzimmer ist keine Option! Du weißt genau, dass dein Vater nach einem langen, harten Arbeitstag seine Ruhe braucht. Das Wohnzimmer ist nun mal seine einzige Rückzugsmöglichkeit."

Ohne dass Martin etwas dagegen hätte tun können, explodierte irgendwo in seinem Innern etwas und die angestaute Frustration und Wut der letzten Jahre brachen aus ihm heraus: „Dieses Arschloch ist nicht mein Vater!"

Chiyos Finger verkrampften sich um die seinen. Erst jetzt bemerkte er, dass er immer noch ihre Hand hielt. Ihre Fassungslosigkeit und Angst waren in der kleinen Küche fast greifbar. Marianne Bülow hieb mit der flachen Hand auf den Tisch. Jedes einzelne Wort, das sie dann gesagt hatte, hatte alles nur noch schlimmer gemacht. Jede Silbe war ein Schlag ins Gesicht ihres Sohnes und vor allem in das seiner Begleitung gewesen.

„Es tut mir schrecklich leid, was da drin gerade passiert ist", richtete Martin nun endlich das Wort an das Mädchen, das seine erste große Liebe war und auch seine einzige große Liebe bleiben sollte. Chiyo starrte ihn lange aus ihren wunderschönen, mandelförmigen Augen an ohne irgendetwas zu sagen. Erst als sie den Blick niederschlug, antwortete sie leise: „Du hast mich angelogen. Du hast mir gesagt, dass deine Familie sich wie verrückt auf meinen Besuch freut. Dabei haben sie überhaupt nicht gewusst, dass ich komme. Ist dir klar, dass du mich damit in eine unmögliche Situation gebracht hast?"

Natürlich war Martin sich darüber im Klaren. Schließlich war er kein Idiot, auch wenn er sich gerade offensichtlich wie einer benommen hatte. Aber was er seiner Mutter vorhin an den Kopf geworfen hatte, stimmte. Er hatte ihr und Sven nichts von Chiyo erzählt, weil sie sich ohnehin nicht für ihn interessierten. Er konnte sich noch nicht einmal daran erinnern, wann seine Mutter sich zuletzt länger als fünf Minuten mit ihm beschäftigt hatte. Und dass Sven ihn hasste und nur Marianne zuliebe akzeptierte, war vom ersten Tag an, an dem sie

zu ihm gezogen waren, ein offenes Geheimnis
gewesen.

„Chiyo, bitte verzeih mir! Es war dumm von mir,
dir nicht die Wahrheit zu sagen. Ich hatte
wirklich gehofft, dass meine Mutter anders
reagieren würde. Aber sie ist nicht so ein guter
Mensch wie deine Eltern!"

Am liebsten hätte er Chiyo jetzt in den Arm
genommen. So wie vorhin am Flughafen, als sie
sich ihm freudestrahlend um den Hals geworfen
und sein ganzes Gesicht mit wilden Küssen
bedeckt hatte. Noch immer spürte er ihre heißen
Lippen auf seiner Haut und seinem Mund. Allein
der Gedanke daran jagte ihm wohlige Schauer
über den Rücken. Er ging einen Schritt auf seine
Freundin zu, doch Chiyo wich instinktiv noch
ein bisschen weiter vor ihm zurück. Erst jetzt
konnte er sehen, dass ihr eine Träne über die
Wange lief. Ihr trauriger Blick traf ihn direkt in
die Magengrube.

„Weißt du, was das Schlimmste ist, Martin?
Deine Mutter hat meine Eltern beleidigt und
unsere Kultur in den Dreck gezogen. Sie wirft
allen Asiaten Engstirnigkeit vor und bemerkt
dabei ihre eigene Intoleranz gar nicht. Ich finde
ihre Aussagen anmaßend und rassistisch."

Martin konnte sehen, dass Chiyos Unterlippe bebte, während sie sprach. Natürlich konnte er sich an jedes einzelne Wort seiner Mutter erinnern, denn noch nie in seinem ganzen Leben hatte er sich so sehr geschämt.

„Wissen Chiyos Eltern überhaupt davon, dass sie hier zusammen mit dir in einem Zimmer schlafen soll?", hatte Marianne Bülow mit provokantem Unterton in der Stimme gefragt. „Ihr Vater wäre darüber bestimmt auch nicht begeistert. Das ist schließlich eine ganz andere Kultur. Die Asiaten nehmen solche Dinge nicht so locker wie wir Europäer. Ich möchte auf gar keinen Fall Ärger mit diesen Leuten haben. Das tu ich mir nicht an!"
In diesem Moment hatte Martin bereits geahnt, was in Chiyo vorgehen musste, und er hatte sie so schnell wie möglich in den Flur und Richtung Wohnungstür gezogen. Martin wollte nur noch weg, raus aus dieser unmöglichen Situation. Auf halbem Weg durch den engen Flur öffnete sich eine mit bunten Aufklebern und Pferdepostern geschmückte Tür und seine knapp sechs Jahre alte Halbschwester Sandra streckte neugierig ihren Kopf durch den schmalen Spalt. Martin lief an ihr vorbei, ohne

sie eines Blickes zu würdigen. Er hasste sie, weil seit ihrer Geburt sein Leben noch beschissener geworden war als zuvor. Und wer hätte das für möglich gehalten? Verfolgt von weiteren Tiraden seiner Mutter hatte er Chiyo ins Treppenhaus gedrängt und Marianne Bülow schließlich seine letzten Worte entgegengeschleudert.

Chiyo warf einen abschätzigen Blick auf das blassgrüne Haus, das stark an ein Kasernengebäude erinnerte. „Ich muss hier weg", murmelte sie schließlich, drehte sich auf dem Absatz um und marschierte entschlossen davon.

Nachdem Martin sie eingeholt hatte, gingen sie eine Zeit lang schweigend nebeneinander her. Das einzige Geräusch, das sie begleitete, war das Scharren der Rollen von Chiyos Koffer auf dem Asphalt. Für Mitte Juli war es recht kühl, die Sonne war hinter einer dicken Schicht grauer Wolken verschwunden und eine leichte Brise wehte ihnen entgegen. Auf Höhe eines Spielplatzes blieb Chiyo plötzlich stehen.

„Bist du der gleichen Meinung wie deine Mutter, dass ich mir sofort ein Rückflugticket nach Japan organisieren soll?"

Entsetzt riss Martin die Augen auf und schüttelte entschieden den Kopf: „Natürlich nicht!"

„Was schlägst du dann vor? Wo soll ich deiner Meinung nach hin? Du glaubst doch wohl selber nicht, dass irgendein Hotel eine siebzehnjährige Japanerin für drei Wochen bei sich einchecken lässt."

Martin schüttelte den Kopf, obwohl er keine Ahnung hatte, wie Hoteliers auf Minderjährige ohne erwachsene Begleitung reagieren würden. Er wusste nur, dass der Gedanke an drei Wochen allein mit Chiyo in einem Hotelzimmer äußerst verlockend war. Schließlich hatte er selbst nicht vor, Svens Wohnung jemals wieder zu betreten.

„Kannst du vielleicht einen deiner Freunde anrufen und fragen, ob ich dort unterkommen kann?", riss Chiyo ihn aus seinen Träumereien.

Ein unangenehmes Gefühl machte sich in seinem Bauch breit und kroch langsam wie eine besonders hartnäckige Übelkeit in ihm nach oben. Seine Freundin hatte ja keine Ahnung, dass sie der einzige Mensch war, der ihm auf dieser Welt geblieben war. Seitdem er mit seiner Mutter vor sieben Jahren von Hamburg Hamm nach Billbrook gezogen war und sie ihn schließlich gezwungen hatte, auf das Billstedter Gymnasium zu wechseln, hatte er langsam aber sicher den Kontakt zu seinen alten Freunden verloren. Chiyo wusste auch nicht, dass er bei seinen neuen Mitschülern als Loser galt, dessen Kopf sie lieber in Kloschüsseln drückten oder den sie bevorzugt zu fünft oder zu sechst angriffen und verprügelten, anstatt sich mit ihm anzufreunden. Wie hätte er ihr auch erklären sollen, dass er wahrscheinlich der einsamste Junge war, den sie sich vorstellen konnte, dass er sich seit Jahren in eine Scheinwelt aus Computerspielen und japanischen Comics zurückzog und sein einziger Kontakt zur Außenwelt bisher die Schulpsychologin Frau Steiger gewesen war, die sich liebevoll und mit ganzem Einsatz um ihn bemühte.

Doch Chiyo schien sein verzweifeltes Schweigen vollkommen falsch zu deuten. Mit einem wütenden Schnauben lief sie erneut vor ihm davon und reagierte auch nicht auf sein Rufen. Als er endlich unter einem alten, stark verrosteten Klettergerüst zu ihr aufgeschlossen hatte, beendete sie gerade ein Telefongespräch und steckte ihr Smartphone zurück in die Tasche ihres weißen Anoraks.

„Chiyo, du hast das völlig falsch verstanden!", versuchte Martin sie zu beruhigen. Das Gewicht ihres Koffers, den er in dem feinen Spielsand kaum bewegen konnte, machte ihm immer mehr zu schaffen.

„Was gibt es da denn falsch zu verstehen? Ganz offensichtlich hast du doch gar kein Interesse daran, dass ich hier bleibe. Sonst hättest du mir doch schon lang einen Schlafplatz organisiert!"

„Das ist alles nicht so einfach. Ich...", versuchte Martin es noch einmal.

Wieder schnitt Chiyo ihm das Wort ab: „Am meisten ärgert mich, dass du genau weißt, wie schwierig es war, hier herzukommen. Mein Vater musste extra eine Ausnahmegenehmigung erwirken, damit ich während der Unterrichtszeit zu dir fliegen kann. Zu Studienzwecken! Ha!"

Sie schüttelte den Kopf, als könne sie selbst nicht fassen, wie irreal und verfahren die ganze Situation war. Schließlich zuckte sie resignierend mit den Schultern.

„Ist jetzt ja auch egal! Ich habe eben mit Vanessa telefoniert. Sie sagt, dass ich bei ihr bleiben kann."

Vanessa Krüger war ein Mädchen aus Martins Japanischkurs. Auch sie war bei dem

Schüleraustausch in Niigata dabei gewesen und hatte sich schon damals gut mit Chiyo verstanden. Dennoch versetzte es Martin einen Stich, dass Chiyo dort bleiben wollte. Wenn Vanessa erst mal ihre Krallen in seine Freundin geschlagen hatte, war er wahrscheinlich abgeschrieben. Wie alle anderen seiner Mitschüler konnte auch Vanessa sich nicht besonders für ihn erwärmen. Das feindselige Funkeln in Chiyos Augen ließ jedoch keinen Zweifel daran, dass sie einen Widerspruch nicht dulden würde. Also trottete er schweigend neben ihr her, als sie sich auf den Weg zum Haus der Krügers machte. Dort angekommen, musste Chiyo nicht lange suchen, um den richtigen Klingelknopf zu finden. Das Summen des Türöffners verursachte Martin erneut leichte Übelkeit.

Bevor seine Freundin ihm den Koffer abnehmen und sich an ihm vorbei in den Hausgang drücken konnte, nahm er sie noch einmal an der Hand und sagte die ersten Worte, die ihm in den Sinn kamen: „Es tut mir schrecklich leid, Chiyo. Das musst du mir einfach glauben. Ich weiß auch, dass ich mich wie ein Vollidiot benommen habe. Aber es ist nicht so, wie du denkst. Natürlich will ich unbedingt, dass du hier bleibst. Ich liebe dich doch. Und du bist der einzige Mensch, der mir wirklich etwas bedeutet. Ich möchte für immer mit dir zusammen sein."

Ähnlich wie bei seiner Liebeserklärung vor einigen Monaten im Hakusan Park von Niigata hatte er auch in dieser Situation all seinen Mut zusammengenommen und seinen Gefühlen freien Lauf gelassen. Damals hatte Chiyo ihn mit ihrer überraschenden Reaktion verzaubert, als sie erst verlegen gelächelt hatte und ihm dann glücklich lachend um den Hals gefallen war. Wie sie nun in der halb offenen Haustür stand, ihren Koffer so fest umklammert, dass ihre Fingerknöchel weiß wurden, und ihn mit großen Augen ansah, wusste er nicht, wie er ihren leeren Gesichtsausdruck deuten sollte. Dieses Mal lächelte sie nicht. Sie fiel ihm auch nicht um den Hals. Stattdessen öffnete sie leicht den Mund, als ob sie etwas erwidern wolle, schien es sich dann jedoch anders zu überlegen. Kaum merklich schüttelte sie den Kopf, ehe sie sich ins Treppenhaus zurückzog und die Tür vor Martins Nase zufallen ließ.

Wie paralysiert stand der Junge vor der verschlossenen Tür und starrte auf die Stelle, an der vor wenigen Augenblicken noch seine große Liebe gestanden hatte. Eine tiefe Leere machte sich in ihm breit und schien, ausgehend von seinen Eingeweiden, immer mehr anzuwachsen bis sie ihn fast vollständig zu überwältigen drohte. Martin konnte keinen klaren Gedanken mehr fassen.

Vor einigen Stunden war er noch überglücklich am Flughafen gestanden und hatte dem Moment entgegengefiebert, in dem Chiyo endlich auf ihn zugelaufen war und sich ihm in die Arme geworfen hatte. Es hatte sich so unglaublich gut angefühlt, sie nach so langer Zeit wieder bei sich zu haben, sie küssen, umarmen und ihre weiche Haut streicheln zu können. Das, was seit ihrem Wiedersehen alles geschehen war, konnte er immer noch nicht begreifen. Mit einem Schlag war sein ganzes Leben plötzlich aus den Fugen geraten.

Als ihm bewusst wurde, dass er immer noch reglos vor der verschlossenen Haustür stand, kam er langsam wieder zu sich. Ziellos irrte er durch die Wohnanlage, in der Vanessa Krüger mit ihren Eltern lebte, ehe er zurück auf die Straße fand. Es kam ihm vor, als würde er wie ein Schlafwandler unkontrolliert einen Fuß vor den anderen setzen. Knappe zwei Kilometer schleppte Martin sich noch in den nahegelegenen Park, dann brach er erschöpft und von Weinkrämpfen geschüttelt auf einer der Bänke zusammen. Nachdem er sich wieder ein wenig beruhigt hatte, richtete er sich langsam auf und wischte sich mit dem Ärmel seiner dunkelroten Trainingsjacke übers Gesicht. Es schien ihm, als wäre eine Ewigkeit vergangen, seit Chiyo ihm ohne ein Wort des Abschieds die Tür vor der Nase zugeschlagen hatte, und erneut stiegen ihm Tränen in die Augen, die er jedoch so gut es ging niederkämpfte. Er zog sein Smartphone aus der Hosentasche, ein Geschenk seines Vaters zum fünfzehnten Geburtstag. Dieter Bülow schien zu glauben, dass er mit teuren elektronischen Geräten wiedergutmachen konnte, dass er sich seit der Scheidung nicht mehr um ihn kümmerte. Vor allem seit er beruflich nach Hannover gezogen war und dort eine neue Familie gegründet hatte, meldete er sich so gut wie nie bei Martin. Er scrollte durch seine spärliche Kontaktliste und löschte neben den Handynummern seiner Mutter und seines Vaters auch die Festnetznummer, die zu Sven Gärtners Wohnung gehörte. Ab heute hatte er kein Zuhause mehr.

Noch einmal kamen ihm seine Worte in den Sinn, die er voller Wut und Abscheu seiner Mutter an den Kopf geworfen hatte, ehe sie ihn und Chiyo auf die Straße setzen konnte: „Wieso seid ihr nur so verbohrt? Ihr macht alles kaputt! Ihr zerstört mein ganzes Leben! Ich hasse euch!"

Wie immer hatte sie ihn nicht ernst genommen und ihn als melodramatisch bezeichnet. Wie hätte sie wohl reagiert, wenn sie sich darüber bewusst gewesen wäre, dass es die letzten Worte waren, die sie jemals aus dem Mund ihres Sohnes hören sollte? Neben Chiyo Tanaka war nun nur noch ein weiterer Kontakt in seinem Smartphone übrig. Er öffnete ihn und wählte die dort abgespeicherte Handynummer. Nach kurzem Klingeln schaltete sich am anderen Ende die Mailbox ein. Martin seufzte und unterdrückte die erneut aufsteigenden Tränen, ehe er sprach: „Hallo! Frau Steiger? Hier ist Martin Bülow. Ich glaube, ich hab heute richtig Scheiße gebaut."

Sybille Steiger saß mit ihrem Mann am Frühstückstisch, als sie ihr Handy einschaltete. Zwei Anrufe in Abwesenheit. Offenbar hatten beide Anrufer eine Nachricht auf ihrer Mailbox hinterlassen.

Sie nahm einen großen Schluck aus ihrer Kaffeetasse und hörte die erste Sprachnachricht ab. Martin Steiger, eines ihrer Sorgenkinder, hatte gestern Nachmittag versucht, sie zu erreichen. Seine Stimme klang verzweifelt und Sybille Steiger kam es so vor, als hätte er geweint. Sofort zog es ihr den Magen zusammen. Martin hatte große Probleme in der Familie und war auch in der Schule ein absoluter Außenseiter. Was konnte er nur angestellt haben, das ihn so aus der Bahn warf? Sybille Steiger beschloss, ihn sofort zurückzurufen, nachdem sie auch die zweite Sprachnachricht abgehört hatte.

Die Ansage verriet ihr, dass eine ihr unbekannte Nummer heute Morgen um halb sieben bei ihr angerufen hatte. Für Sonntag war das eine ziemlich unchristliche Zeit.

Die Stimme auf der Mailbox gehörte ohne jeden Zweifel zu einer Frau. Zunächst hatte Sybille Steiger Schwierigkeiten etwas zu verstehen. Die Anruferin schien hysterisch zu sein und weinte heftig. Anfangs brachte sie kaum ein Wort heraus, sondern wimmerte nur ins Telefon. Gerade als die Schulpsychologin die Aufnahme unterbrechen wollte, riss die Frau sich zusammen und begann langsam und unter lautem Schluchzen zu sprechen: „Marianne Bülow hier. Martins Mutter. Frau Steiger, etwas Schreckliches ist passiert!"

Es folgte eine Pause, die Sybille Steiger beinahe den Verstand raubte. Das Herz schlug ihr bis zum Hals und eine diffuse Angst breitete sich in ihr aus.

Schließlich sprach Marianne Bülow weiter: „Martin kann morgen nicht in die Schule kommen ... Er hat sich gestern Abend vor die U-Bahn geworfen ... Mein Junge ist tot."

Dann wurde die Verbindung unterbrochen. Sybille Steiger ließ das Handy sinken und starrte ihren Mann über den Frühstückstisch hinweg mit leerem Blick an. Schließlich brach auch sie in Tränen aus.

Nachbarn

Halten Sie gern ein Schwätzchen am Gartenzaun? Oder beäugen Sie Ihre Nachbarn lieber stundenlang kritisch durchs Küchenfenster, um keine ihrer Bewegungen zu versäumen? Terry Brewster aus Selma, Alabama tat weder das eine noch das andere. Er war eigentlich ein ganz umgänglicher Kerl, aber er hielt es für frevelhaft, sich in die Angelegenheiten seiner Mitmenschen einzumischen, und wollte auch selbst in Ruhe gelassen werden. Zusammen mit seiner Frau Catherine führte Terry ein eher zurückgezogenes Leben. Sonntags besuchten sie die Gottesdienste in der nahegelegenen First Tabernacle Church und verbrachten ansonsten viel Zeit in den eigenen vier gottesfürchtigen Wänden. Ihre mickrigen Renten ließen für größere Unternehmungen ohnehin kaum Spielraum, was sich nicht zuletzt an ihrem kleinen windschiefen Häuschen zeigte, das Terry gern als Bretterbude bezeichnete und das dringend einen neuen Anstrich vertragen hätte.

Immerhin war Catherines Vorgarten stets vorbildlich gepflegt.

Die Tragödie von Selma nahm ihren Anfang, als knapp ein Jahr vor den schockierenden Ereignissen Jason Marlow in das Haus unmittelbar neben den Brewsters zog. Ein junger Schwarzer, der seine ebenfalls schwarze Freundin gleich mitbrachte, und eben deswegen äußerst unauffällig war. Sie müssen wissen, dass Selma inmitten des „Black Belt" liegt, der seinen Namen nicht nur von der außergewöhnlich dunklen Erde, sondern auch von der überwiegend dunkelhäutigen Bevölkerung hat. Insofern konnte Terry mit den Neuankömmlingen gar nicht zufriedener sein. Nicht, dass er etwas gegen Weiße gehabt hätte. Aber wenn man ehrlich war, machten die doch immer nur Ärger und hielten sich für etwas Besseres. Pastor Crimson bildete dabei selbstredend eine Ausnahme.
Anfangs bekamen die Brewsters kaum etwas von den neuen Nachbarn mit. Doch nach wenigen Wochen gab es den ersten lautstarken Streit unter den jungen Leuten. Trotz geschlossener Fenster schnappten Terry und Catherine den ein oder anderen wütend

hervorgestoßenen Wortfetzen auf. Die Stimme der Frau klang zunehmend hysterisch. Türen knallten. Und schließlich sprang Jason Marlow in seinen heruntergekommenen Pickup und rauschte mit durchdrehenden Reifen davon, um erst drei Tage später scheinbar geläutert wieder aufzutauchen. Szenen dieser Art spielten sich in den darauffolgenden Wochen regelmäßig ab. Catherine war beunruhigt. Terry schwieg. Was gingen ihn schon die Streitereien der neuen Nachbarn an? War es heutzutage bei den jungen Leuten nicht normal, dass sie sich ständig in die Haare kriegten und sich ebenso heftig wieder versöhnten? Während der Gottesdienste machten beide immerhin einen zufriedenen Eindruck und Jason Marlow schien das Mädchen auch nicht zu schlagen.

Pünktlich zur Adventszeit kehrte wieder Ruhe ein. Die Auseinandersetzungen im Nachbarhaus hörten abrupt auf, was Terry dem Fest der Liebe zuschrieb. Kurz darauf sollte sich herausstellen, dass es nicht das Fest der Liebe, sondern die Frucht der Liebe war, die Jason Marlow und seine Freundin wieder näher zusammenbrachte. Doch der Frieden hielt nicht lange.

Zu einer Zeit, als der jungen Frau die Schwangerschaft bereits deutlich anzusehen war, gingen die Streitereien wieder los, lauter und heftiger als je zuvor. Nun schien es nicht mehr nur bei verbalen Attacken zu bleiben. Möbel wurden umgestoßen. Geschirr flog. Sie drohte lauthals, Jason zu verlassen. Sein Kind werde er niemals zu Gesicht bekommen. Marlow schrie, er werde sie lieber umbringen. Catherine war fest entschlossen, die Polizei zu rufen. Terry war strikt dagegen. Hätte er geahnt, dass er selbst wenige Wochen später hilflos zusammengekauert unter einer Kirchenbank liegen würde, hätte er vielleicht gehandelt. Doch Terry war kein Mann der großen Vorausschau.

Wenige Wochen vor der Geburt des kleinen Jungen, hatte Jason Marlows Lebensgefährtin endgültig genug und verließ nicht nur den Vater ihres Kindes, sondern auch die Nachbarschaft. Die First Tabernacle Church besuchte sie nach wie vor jede Woche.

Der vergangene Sonntag, der das Leben in Selma komplett verändern sollte, begann als ein herrlicher Spätsommermorgen. Die kleine Kirche, ein unscheinbares, weiß getünchtes

Gebäude, das sich kaum von den umliegenden Wohnhäusern unterschied, lag friedlich im sanften Sonnenlicht. Die Brewsters hielten ein Schwätzchen mit Pastor Crimson und schoben sich dann umständlich in eine der Kirchenbänke. Ihre ehemalige Nachbarin saß wie immer in der ersten Reihe, das Baby neben sich.

Der Gottesdienst war keine halbe Stunde alt, als mitten unter der Predigt Jason Marlow die Kirche betrat und forschen Schrittes den Gang entlang ging. Mit einem kurzen Nicken schien er sich bei Crimson für seine Verspätung zu entschuldigen und nahm dann neben der jungen Frau und seinem Sohn Platz. In diesem Moment wirkten sie wie eine glückliche kleine Familie. Terry fragte sich später oft, wie er sich derart blenden lassen konnte.

Dann ging alles sehr schnell und obwohl Terry einen guten Blick auf die Geschehnisse hatte, konnte er sich im Nachhinein kaum noch an Details erinnern. Jason Marlow hatte die ganze Zeit ruhig dagesessen, das wusste er noch. Plötzlich hatte er eine Waffe gezogen und damit zweimal geschossen.

Die junge Frau fiel leblos zu Boden. Das Baby begann zu weinen. Menschen schrien in Panik durcheinander und versuchten, sich hinter den Kirchenbänken in Sicherheit zu bringen. Terry starrte mit weit aufgerissenen Augen seinen Nachbarn an, der wie John Wayne breitbeinig inmitten des um ihn tobenden Chaos stand. Die junge Frau konnte Terry nicht sehen und zum ersten Mal wurde ihm schmerzlich bewusst, dass er nach über einem Jahr nicht einmal wusste, wie sie hieß. Das Herz wurde ihm schwer. Neben ihm begann Catherine zu wimmern. Gerade als er seinen Arm schützend um sie legen wollte, knallte ein dritter Schuss und das Schreien des Babys ging in ein ohrenbetäubendes Kreischen über. Terry nahm aus dem Augenwinkel eine rasche Bewegung wahr. Pastor Crimson stürzte auf den Amokschützen zu und versuchte, ihm die Waffe zu entreißen. Ein weiterer Schuss löste sich und der Geistliche stürzte mit schmerzverzerrtem Gesicht zu Boden. In diesem Moment explodierte etwas in Terrys Kopf. Es war, als durchzuckten tausend bunte Lichter die Szenerie. Er warf sich auf die Knie und begann zu beten. Auch Jason Marlow schien für einen Moment schockiert darüber, dass er Pastor

Crimson angeschossen hatte. Eine Gruppe mutiger Kirchgänger nutzte diese Unaufmerksamkeit. Zu fünft oder sechst, Terry war wie in Trance und nahm die Ereignisse nur noch verschwommen wahr, warfen sie sich auf Marlow und entrissen ihm die Waffe. In der Ferne waren bereits schwach die Sirenen mehrerer Polizeiautos zu hören. Der junge Schwarze mobilisierte seine letzten Kräfte. Er schüttelte die Angreifer ab und rannte aus der Kirche.

Eine halbe Stunde später, Pastor Crimson, die junge Frau und ihr Baby waren eben mit Rettungswägen abtransportiert worden, stand die Gemeinde fassungslos und sichtlich mitgenommen vor der Kirche zusammen. Gerüchten zufolge hatte die Polizei Jason Marlow bereits gestellt. Erleichterung machte sich breit.

Terry stand etwas abseits. Er fühlte sich als Versager auf ganzer Linie. Tränen der Wut und der Scham brannten ihm in den Augen, während alle den Männern auf die Schultern klopften, die den Amokschützen überwältigt hatten. Terry schluckte. Seine Verbohrtheit hatte sie überhaupt erst in diese Lage gebracht. Und dann war er auch noch zu feige, sich Marlow in den Weg zu stellen. Es wäre seine Pflicht gewesen, die Gemeinde vor diesem Monster zu schützen. Hätte er nur einmal auf Catherine gehört. Er begann hemmungslos zu weinen. Wie um ihn zu verhöhnen, verkündete die Anschlagtafel hinter ihm das Motto des heutigen Gottesdienstes: „Gott sagt, ich kann alles schaffen.“

Der erste Schnee

Sie strampelte die Bettdecke weg und ein kühler Lufthauch an ihren nackten Beinen ließ sie frösteln. Zum ersten Mal seit Wochen hatte sie nicht das Gefühl, als läge ihr ein riesengroßer Felsbrocken auf der Brust, der sie niederdrückte und das Atmen erschwerte. Kein Grund, euphorisch zu werden, aber vielleicht immerhin ein Anfang. Zeit, den nächsten Schritt zu wagen. Mühsam rappelte sie sich hoch und sofort begann ihr Kreislauf zu rebellieren. Wie lang mochte es her sein, dass sie zum letzten Mal den Drang verspürt hatte, sich aufzusetzen? Sie schloss die Augen und atmete mehrmals tief durch. Bloß keine Panik jetzt! Das bedrohliche Kribbeln in ihrem Nacken ließ langsam nach und ihr Gehirn schien nicht mehr Karussell mit ihr fahren zu wollen. Als sie die Augen öffnete, sah sie tatsächlich klar.

Sie schwang die Beine über die Bettkante und seit langer Zeit nahm sie ihre Umgebung wieder einmal wahr. Das Zimmer - ihr Zimmer - war ganz in Pastelltönen gehalten. Neben dem Bett gab es nur noch einen kleinen Schrank und eine Kommode, auf der eine mit weißen Lilien gefüllte Vase stand. Keine elektronischen Geräte. Sie runzelte die Stirn. Das hatte sie anders in Erinnerung. Vor dem Bett lag ein flauschiger Teppich, in dem sie nun die Zehen vergrub. Durch die breite Terrassentür, die einen Spalt geöffnet war, fielen die ersten Sonnenstrahlen des Tages und tauchten den kleinen Raum in ein goldenes Licht. Die leichten Organzavorhänge bauschten sich in der Morgenbrise.

Vorsichtig stand sie auf. Fast erwartete sie, ihre Knie könnten unter der ungewohnten Last einknicken. Doch nichts dergleichen geschah. Kein Zittern. Keine Unsicherheit. Sie tapste durchs Zimmer und blieb an der geöffneten Terrassentür stehen. Vor ihr lag ein kleiner Garten mit fein säuberlich gestutzten Sträuchern. An seinem hinteren Ende begrenzte ein dichter Buchenwald das Grundstück. Sie trat hinaus auf die Terrasse. Die sonnenbeschienenen Fliesen fühlten sich warm an unter ihren nackten Füßen. Sie breitete die Arme aus und legte den Kopf in den Nacken. Sie wollte in den unendlichen Sinneseindrücken baden und sich ganz davon einhüllen lassen.

Mit geschlossenen Augen sog sie die frische Luft ein. Ein unverkennbarer Geruch hing in der morgendlichen Kühle, den sie unter tausenden Gerüchen erkennen würde. Es roch nach dem ersten Schnee. Langsam einen Fuß vor den anderen setzend betrat sie das saftiggrüne Gras und ging den leicht abfallenden Hügel hinunter. Der Kalender über ihrem Bett zeigte den 21. Juli.

Sabine stand am Spülbecken und erledigte den Abwasch, der von gestern Abend übrig geblieben war. Ihre Arme waren bis fast zu den Ellbogen hinauf mit Schaum bedeckt. Das warme Wasser entspannte sie. Es erinnerte sie daran, wie sie Angelina als Baby gebadet hatte. Heute müsste sie dieser Gedanke eher traurig machen, doch sie kämpfte die negativen Gefühle nieder. Vielleicht war heute ein guter Tag, der Angelina Luft zum Atmen ließ und sie selbst ein wenig von ihren Sorgen befreite. Sie warf einen Blick auf die Küchenuhr. Es war noch zu früh, um nach ihrer kleinen Schwester zu sehen. Angelina schlief lange in letzter Zeit. Wahrscheinlich lag es an den Schlaftabletten. Immerhin hatten so die Alpträume aufgehört. Sabine beschloss, noch mindestens eine Stunde zu warten, und widmete sich wieder ihrem Abwasch.

Mit jedem Schritt, den sie machte, hatte sie ihr Ziel deutlicher vor Augen. Als sie sich dem Wäldchen näherte, wurde das Gras dichter und sie konnte vereinzelt weiches Moos unter ihren Füßen spüren. Die meterhohen Buchen warfen ihre Schatten auf diesen Teil des Gartens. Sie schlang die Arme um den Oberkörper, um sich ein wenig vor der Kühle zu schützen, die ihr in die Knochen kriechen wollte. Dann betrat sie den Wald. Das Rauschen des Windes in den Blättern klang wie eine vertraute Melodie. Es roch nach feuchter Erde. Wie sehr hatte sie all das vermisst. Mit jedem Schritt schien sie sich mehr von einer zentnerschweren Last zu befreien. Nach einigen Metern öffnete sich das dichte Buchengeäst über ihr und sie stand auf einer kleinen, sonnenbeschienenen Lichtung. Dies war schon immer ihr liebster Platz gewesen. Mit Mischa war sie oft hierher gekommen, wenn sie ungestört sein wollten. Hier hatte er sie zum ersten Mal geküsst.
Sie hielt nach einem ganz bestimmten Baum Ausschau. In den letzten Jahren hatte sich der Wald sehr verändert und sie hatte Probleme,

sich zu orientieren. Hinter ein paar dicht gedrängten Büschen entdeckte sie ihn schließlich doch. Der Stamm der alten Buche hatte enorme Ausmaße. Selbst fünf erwachsene Männer dürften Probleme haben, ihn gemeinsam zu umfassen. Doch das Besondere an dem Baum war eine Aushöhlung im Stamm, in die Mischa und sie sich gern zurückgezogen hatten, wenn sie allein sein wollten.

Als sie sich jetzt ihren Weg durchs Gebüsch bahnte, fluteten unzählige Erinnerungen an diese Zeit über sie hinweg. Vor der Öffnung blieb sie stehen und legte zärtlich eine Hand auf den uralten Baumstamm. Sofort breitete sich eine fast vergessene Wärme in ihr aus.

Der Wind hatte eine Menge verfaultes Laub in die Aushöhlung geweht, das sie nun mit beiden Händen hinausschaufelte. Dann kroch sie hinein. Noch immer staunte sie, wie geräumig es im Innern des Baumstammes war. Sie legte den Kopf an das Holz und schloss die Augen.

„Mischa, bist du hier?", flüsterte sie. Das Rauschen des Windes blieb die einzige Antwort. Sie lächelte. Mischa würde kommen, das wusste sie. Eine Zeit lang saß sie einfach so da, die Wange an das kühle Holz gelegt, und genoss die Unbeschwertheit, die sich in ihr ausbreitete. Fast fühlte sie sich frei. Sie war müde, unendlich müde. Und sie war es leid zu kämpfen. Einen Kampf, den sie ohnehin nicht gewinnen konnte. Jeden Tag ihres Lebens stand sie am Abgrund und musste sich entscheiden, ob sie der Versuchung nachgeben sollte, zu springen, oder ob sie wieder einen Schritt zurücktrat. Den anderen zuliebe. Dabei kostete es sie so viel Mühe, das zu tun, was man von ihr erwartete. Niemand schien verstehen zu können, wie schwer es ihr fiel, morgens überhaupt die Augen zu öffnen. Sich einem neuen Tag gegenüber zu sehen, der nichts Besseres verhieß als all die anderen zuvor. Es konnte schließlich nicht so schwer sein, sich zusammenzureißen, aufzustehen und das Leben wieder beim Schopf zu packen. Aber genau das war es - unvorstellbar schwer. Niedergedrückt zu werden von einer unsichtbaren Faust, die sich um ihr Herz gelegt hatte. Nicht atmen zu können. Nur einen einzigen Wunsch zu haben – loszulassen.

Hier in ihrem Baum fühlte sie sich befreit. Hier würde sie auf Mischa warten, der bald kommen würde.

In der Ferne hörte sie ein leises Rufen.

Mischa würde sie in die Arme schließen und nie mehr loslassen.

Das Rufen wurde lauter. Doch noch verstand sie es nicht.

Gemeinsam würden sie in ihrem Baum sitzen und den Augenblick genießen.

„Angelina?" Jetzt war das Rufen ganz nah. Sie hörte ihren Namen, doch sie wollte noch nicht zurückkehren.

Jemand berührte sie sanft an der Schulter: „Angelina!"

Sie reagierte nicht darauf, hielt die Augen weiterhin fest geschlossen. Sie wollte einfach hier sitzen. Nur noch ein paar Minuten.

Der Griff an ihrer Schulter wurde fester, das Rufen ihres Namens drängender. Doch dieses eine Mal wollte sie sich nicht aus der Ruhe bringen lassen.

„Ich werde wiederkommen, Mischa", murmelte sie. „Und ich weiß, dass du dann auch hier sein wirst, um auf mich zu warten."

Die Vorstellung ihres Wiedersehens zauberte ihr ein Lächeln auf die Lippen. Mischa würde sie abholen und sie endlich nach Hause bringen. Sie wusste genau, wann es so weit war. Bald. Beim ersten Schnee.

Marek sah Sabine aus dem Zimmer ihrer Schwester kommen. Sachte zog sie die Tür hinter sich zu. Ihre Körperhaltung verriet ihm, dass der Besuch bei Angelina wenig erfolgreich gewesen war. Mal wieder. Er ging auf Sabine zu und als sie sich umdrehte, schloss er sie in die Arme. Obwohl es düster in dem engen Flur war, konnte er sehen, dass ihre Augen in Tränen schwammen.

"Alles in Ordnung, Liebling?", fragte er.

Sie schüttelte den Kopf: "Sie ist schon wieder nicht ansprechbar. Liegt einfach in ihrem Bett und starrt die Decke an. Apathisch."

Marek strich seiner Frau liebevoll über den Rücken. Er wusste, wie schwer der Zustand ihrer Schwester auf ihrer Seele lastete. Angelina lebte seit mittlerweile fünf Jahren bei ihnen, falls man das Dasein, das sie fristete, überhaupt als Leben bezeichnen wollte.

"Sie hat nicht einmal reagiert, als ich sie an der Schulter berührt habe. Ich konnte überhaupt nicht zu ihr durchdringen", sagte Sabine.

"Manche Tage sind schlechter als andere, das weißt du doch", sagte Marek und zog sie fester an sich. Sabine legte den Kopf an seine Brust.

"Sie kratzt sich wieder", sagte sie nach einer Weile. "Schon länger anscheinend. Auch wenn sie es unter den langen Ärmeln verbergen will. Ich hab's trotzdem gesehen. Gestern hab ich sie darauf angesprochen. Sie sagt, es wäre die Katze gewesen. Herrgott, Marek, wir haben gar keine Katze!"

Er schwieg. Sie wussten beide, dass das zu Angelinas Krankheitsbild gehörte und sich an ihrem Zustand vielleicht nie mehr etwas ändern würde. Er hatte sich vor langer Zeit damit abgefunden, doch Sabine konnte es nicht akzeptieren.

"Und sie redet wieder von Mischa." Sabines Stimme war nicht mehr als ein Flüstern, als dürfe niemand außer ihnen es hören.

"Vielleicht hilft es ihr, die Sache zu verarbeiten, wenn sie darüber spricht", sagte er.

"Aber das ist ein Hirngespinst!", zischte Sabine. "Das weißt du so gut wie ich. Dieser ganze Blödsinn macht sie doch überhaupt erst krank!"

"Vielleicht ist die Wahrheit aber noch schlimmer für sie."

"Wie meinst du das?" Sabine sah ihn mit großen Augen an.

"Wenn sie sich die Wahrheit eingesteht, bleibt nichts weiter als Einsamkeit."

"Und so wird sie von Schuldgefühlen zerfressen! Soll das etwa besser sein?" Sabine hatte Mühe, einen wütenden Aufschrei zu unterdrücken. "Sie ist noch keine Dreißig. Wenn sie endlich bereit wäre, diesen ganzen Schwachsinn hinter sich zu lassen, stünde ihr doch die Welt offen."

"Das können wir beide so sehen, weil wir gesund sind, Liebling. Aber deine Schwester ist nun einmal krank."

Sabine begann zu schluchzen. Sie vergrub ihr Gesicht an seinem Hals und er drückte ihr einen Kuss auf den Haaransatz.

Schließlich löste sie sich von ihm. Als sie sich die Tränen abwischte, sagte sie: "Verstehst du, Marek? Ich weiß nicht, wie lange ich das noch aushalte!"

Er nickte. Natürlich verstand er sie. Zärtlich streichelte er ihr über die leicht geröteten Wangen.

"Dieser verdammte Unfall hat alles kaputt gemacht", sagte Sabine schließlich. Sie hielt inne, dann fügte sie hinzu: "Nein, eigentlich ist Mischa an allem schuld."

Diese Diskussion hatten sie mehr als einmal geführt und Marek hatte nicht die Kraft, wieder und wieder dieselben Argumente vorzubringen, die Sabine ohnehin nicht gelten ließ. Dennoch wollte er Mischa nicht die alleinige Schuld an dem geben, was geschehen war.

Mischa und Angelina waren seit der neunten Klasse ein Paar. Sie sprachen vom Heiraten und davon, eine eigene kleine Familie zu gründen. Kurz vor Angelinas zweiundzwanzigstem Geburtstag hatte Mischa die Beziehung überraschend beendet.

"Ich liebe dich nicht mehr", hatte er gesagt und die am Boden zerstörte Angelina allein zurückgelassen. Angelina hatte sich daraufhin vermutlich ins Auto gesetzt, um ziellos herumzufahren. Weit war sie nicht gekommen. Nach wenigen Kilometern war sie von der Straße abgekommen und gegen einen Baum gerast. Wie durch ein Wunder blieb sie beinahe unverletzt. Die Unfallursache konnte nicht festgestellt werden, doch in Sabine setzte sich die Befürchtung fest, ihre kleine Schwester habe sich das Leben nehmen wollen. Angelina selbst konnte sich an die Minuten vor dem Unfall nicht erinnern. Doch als sie im Krankenhaus zu sich kam, war sie der festen Überzeugung, Mischa sei mit ihr im Wagen gewesen.

"Ich habe ihn umgebracht", sagte sie immer wieder.

"Nein, Liebes, das stimmt nicht", versuchte Sabine sie zu beruhigen. "Du warst allein im Auto. Es gab keine Toten bei dem Unfall."

"Sabine, er ist tot! Mischa ist tot und das ist meine Schuld!"

Nichts und niemand konnte Angelina von dieser fixen Idee abbringen. Sabine wurde es schließlich zu bunt. Sie rief Mischa an und bat ihn ins Krankenhaus zu kommen.

"Sie muss dich sehen, um glauben zu können, dass du noch lebst", erklärte sie ihm. "Bitte komm vorbei! Du musst ihr nichts vormachen. Von mir aus sag ihr noch einmal, dass du sie verlässt. Aber befrei sie von dieser Wahnvorstellung!" Doch Mischa weigerte sich.

Da sie körperlich gesund war, durfte Angelina das Krankenhaus verlassen. In ihrer Wohnung fiel sie in ein tiefes Loch. Alles erinnerte sie an Mischa. Eingerollt lag sie im Bett. Sie wollte nichts essen und konnte nicht aufstehen.

"Ich kann nicht richtig atmen", sagte sie. "Mein Herz ist so schwer."

Sabine wich tagelang nicht von ihrer Seite, zwang sie, wenigstens ein bisschen Gemüsebrühe zu essen, und half ihr auf die Toilette. Angelina wurde zusehends apathisch und eines Tages kratzte sie sich Arme und

Beine blutig, als ihre Schwester kurz beim Einkaufen war.

Sabine rief einen Arzt. Die Untersuchungen ergaben, dass Angelina unter schweren Depressionen litt. Anfangs hofften sie, die Sache mit den richtigen Medikamenten schnell wieder in den Griff zu bekommen. Sabine und Marek holten Angelina zu sich nach Hause, um sich besser um sie kümmern zu können. Das war nun fünf Jahre her und in all der Zeit hatte sich ihr Zustand eher verschlechtert.

An guten Tagen konnte man sich mit ihr unterhalten und sie wirkte fast so wie vor dem Unfall, mit der Ausnahme, dass sie das Bett kaum verließ. An schlechten Tagen starrte sie vor sich hin und war nicht ansprechbar. In manchen Nächten schreckte sie schreiend aus einem Traum hoch und konnte nicht mehr einschlafen. Weinend wälzte sie sich hin und her oder schlug wild um sich. Also besorgte Sabine schließlich eine Packung Schlaftabletten. In den letzten Wochen waren diese wieder häufiger zum Einsatz gekommen.

Immerhin schien das leidige Suizidthema für Sabine endlich vom Tisch zu sein. Bis vor zwei Wochen. Da hatte Angelina ihrer Schwester eines Abends lange in die Augen gesehen und gesagt: "Ich bin so traurig. Am liebsten würde ich sterben."

Sabine war schockiert. Am nächsten Tag entfernte sie alle Gegenstände aus Angelinas Zimmer, die ihr für einen Selbstmord geeignet erschienen.

Sabines Schluchzen riss Marek aus seinen Gedanken. Er schob sie eine Armeslänge von sich weg und sah ihr fest in die Augen: „Du hörst jetzt auf zu weinen, Liebling. Und morgen nimmst du einen neuen Anlauf. Bis dahin wird es Angelina bestimmt wieder besser gehen." Marek sollte recht behalten.

Angelina saß aufrecht in ihrem Bett, als Sabine das Zimmer betrat. Die Abendsonne sandte ihre letzten Strahlen durchs Fenster. Angelina hatte sich ihr Kissen unter den Rücken geschoben und blätterte in einer Zeitschrift. Sie hatte das Gefühl, das schon sehr lange nicht mehr getan zu haben. Die bunten Hochglanzbildchen hübscher Frauen sprachen sie nicht sonderlich an, doch manche Texte der Kolumnisten waren recht kurzweilig.

Sie sah von ihrer Lektüre auf und begegnete dem verwunderten Blick ihrer Schwester mit einem Lächeln. Sabine strich ihr sanft über die

Wange und setzte sich dann zu ihr auf die Bettkante.

„Du liest. Es scheint dir etwas besser zu gehen."

Angelina dachte an ihren gestrigen Ausflug in den Wald und nickte. Dann ließ sie ihren Blick durch das Zimmer schweifen.

„Wo ist der Fernseher hingekommen? Der Radio?", fragte sie schließlich.

Sabine sah sie erstaunt an. Fast meinte Angelina, so etwas wie Panik in den Augen ihrer Schwester aufblitzen zu sehen.

"Es ist wegen der Kabel ...", begann Sabine, brach dann aber mitten im Satz ab.

Angelina hob die Augenbrauen. Eine Geste, die Sabine ermutigen sollte. Doch irgendwie blieb die gewünschte Wirkung aus. Stattdessen nestelte Sabine nervös an ihrem Rock herum.

"Wir wollten nicht, dass du ..."

"Dass ich etwas von der Außenwelt mitbekomme?"

"Nein", Sabine lächelte gequält. "Wir wollten nicht, dass du dir etwas antust."

Angelina ließ den Satz auf sich wirken, schob ihn in ihrem Kopf hin und her und wägte ab, was er bedeutete. Dann nickte sie bedächtig. Sabine wirkte erleichtert. Vielleicht hatte sie mit einer Diskussion gerechnet, mit einer Szene. Beteuerungen wie *Das würde ich niemals tun!* schien sie hingegen nicht zu erwarten. Gut so! Angelina wollte nicht lügen.

"Du siehst müde aus", sagte Sabine.

"Ja, ich hatte einen anstrengenden Tag."

Sicher konnte Sabine sich nicht vorstellen, wie anstrengend es tatsächlich war, sich aufzuraffen und in einer Zeitschrift zu blättern, statt einfach liegen zu bleiben und sich den eigenen Gedanken hinzugeben. Angelina hatte auch nicht das Bedürfnis, es ihr zu erklären. Also lächelte sie nur.

"Dann ruh dich aus", Sabine strich ihr eine Haarsträhne aus dem Gesicht und hauchte ihr einen Kuss auf die Stirn.

"Brauchst du deine Tablette?"

Angelina fühlte, dass sie heute auch ohne Schlafmittel Ruhe finden würde. Dennoch nickte sie.

Sabine zog ein Schächtelchen aus ihrer Rocktasche und drückte eine kleine runde Tablette aus dem Blister in Angelinas Handfläche.

"Wasser?"

Angelina schüttelte den Kopf und schob sich die Tablette in den Mund.

Sabine musterte sie aufmerksam: "Mund auf! Zunge hoch!"

Angelina tat, wie ihr geheißen. Sabine kontrollierte, ob sie die Tablette geschluckt hatte. Dann verließ sie das Zimmer. In der Tür drehte sie sich noch einmal um und warf Angelina eine Kusshand zu.

Sobald die Tür ins Schloss gefallen war, steckte Angelina sich einen Finger in den Mund und pulte mit dem Fingernagel die Tablette aus einer kleinen Vertiefung, wo ihr vor Jahren einmal ein Weisheitszahn entfernt worden war. Dann griff sie unter die Matratze und zog eine metallene Bonbondose hervor. In ihrem Inneren befanden sich um die dreißig der kleinen Schlaftabletten, die sie im Lauf der Zeit gesammelt hatte. Sie legte ihre neueste Errungenschaft dazu und verstaute die Dose wieder in ihrem Versteck. Als sie sich zurück in die Kissen sinken ließ, warf sie einen sehnsüchtigen Blick hinüber zur Terrassentür. Die Sonne versank gerade blutrot hinter den Bäumen. Ein warmes Gefühl, das sie schon beinahe vergessen hatte, breitete sich in ihr aus. Zufrieden lächelnd schloss sie die Augen. Der erste Schnee würde nicht mehr lange auf sich warten lassen.

Als Angelina am nächsten Morgen aufwachte, war er wieder da. Der Druck auf ihrer Brust, der ihr die Luft zum Atmen nahm. Der Schmerz, der sich mit eiserner Faust um ihr Herz legte und ihr alle Freude raubte. Tränen stiegen ihr in die Augen. *Bitte nicht! Bitte nicht heute!* Sie fühlte die schreckliche Leere heranrollen wie eine Flutwelle, die jeden Moment auf den Strand treffen und alles mit sich fortreißen würde. Sie legte ihre Hände an die Schläfen. Dort, wo der Schmerz rotglühend pulsierte, obwohl ihr körperlich nichts wehtat. Ein Gefühl der Traurigkeit brandete über sie hinweg und schnürte ihr die Kehle zu. Doch sie wusste, dass dies erst der Anfang war. *Was macht dich so traurig, Angelina? Ich weiß es nicht!* Der klauenartige Griff um ihr Herz verstärkte sich. Sie schnappte nach Luft. Tränen rannen ihr über die Wangen. *Kämpf dagegen an! Lass den Schmerz nicht zu!* Sie warf sich herum. Ihre Finger massierten unablässig die Schläfen. Doch das Gefühl der Leere blieb. Es zwinkerte ihr zu, verhöhnte sie. *Kämpf dagegen an! Ich kann nicht!* Sie wollte nicht aufgeben, aber sie hatte keine Chance. Der Druck auf ihrer Brust nahm zu. Sie rang nach Luft und wollte dabei doch am liebsten nie wieder einen Atemzug machen müssen. Die Flutwelle aus Schmerz und Verzweiflung kam näher. Bald würde sie erbarmungslos über ihr zusammenschlagen. Angelina krallte sich mit beiden Händen an ihrem Bettlaken fest. Dann drehte sie den Kopf zur Seite und warf einen sehnsüchtigen Blick zur Terrassentür. *Ich will zu Mischa! Bitte lass mich gehen!* Sie wusste, ihr Flehen würde unerhört bleiben. Wieder einmal stand sie am Abgrund und nur sie selbst konnte entscheiden, ob sie springen wollte. Ihre tränennassen Augen hefteten sich auf den morgenklaren Himmel. Keine Wolke versperrte der Sonne ihren Weg. Angelina konnte den ersten Schnee noch immer riechen. *Warum kommst du nicht endlich? Ich kann nicht mehr länger warten!* Etwas in ihrem Innern schien aufzuplatzen wie ein Geschwür. Das Gift der Hoffnungslosigkeit durchströmte ihren Körper. Der Griff um ihr Herz wurde fester. Angelina schlug die Hände vors Gesicht. Die Flutwelle war schon beinahe da. *Du weißt, was du tun musst! Der erste Schnee kommt nicht von selbst. Es hängt alles von dir ab. Entscheide dich!* Sie dachte an Mischa, der sie endlich wieder in seine Arme schloss. Sie dachte an Sabine, der es das Herz brechen würde. Dann fühlte sie die Unaufhaltsamkeit der

Flutwelle, die sie jeden Augenblick in den Abgrund reißen konnte. Und wer wusste schon, wie lange es dieses Mal dauern würde, bis sie wieder auftauchte? Also traf sie eine Entscheidung. Sie musste sich beeilen. Sie schob eine Hand unter die Matratze und tastete nach dem Metalldöschen. Mehrmals griff sie ins Leere. Doch schließlich fand sie, was sie suchte. Mit zitternden Fingern öffnete sie den Deckel und entnahm eine der kleinen, weißen Pillen. Ihr Mund war trocken, das Schlucken würde ihr schwer fallen, doch das spielte nun keine Rolle mehr. Sie konnte das Heranrauschen der Flut bereits in ihrem Kopf hören. Sie hatte keine Zeit zu verlieren. Sie legte sich die Tablette auf die Zunge und würgte sie hinunter. Sofort hatte sie das Gefühl, als würde sich der eiserne Griff um ihr Herz ein wenig lockern. *Du bist auf dem richtigen Weg. Gib nicht auf!* Sie nahm die zweite Pille und schluckte auch diese. Noch immer liefen ihr Tränen über die Wangen, doch der Schmerz wurde leichter.

Marek sah seine Frau über den Rand der Zeitung hinweg lächelnd an. Sabine war ganz in ihre Gedanken vertieft, doch zum ersten Mal seit langer Zeit schien sie glücklich zu sein. Die

Sorgenfalte, die sich sonst wie ein Krater in ihre Stirn grub, war beinahe verschwunden und sie summte leise vor sich hin, während sie Butter auf ihr Brot strich. Als hätte sie seinen Blick gespürt, sah sie plötzlich auf. In ihren Augen lag ein Funkeln.

„Schön, dich so fröhlich zu sehen!", sagte Marek und griff nach ihrer Hand.

Sabine lächelte.

„Ich glaube, heute wird ein guter Tag", sagte sie. „Angelina war gestern Abend ganz klar. Vielleicht können wir heute ein wenig mit ihr in den Garten gehen."

„Ja, warum nicht", antwortete Marek. Er hoffte inständig, dass Sabines Euphorie nicht gleich wieder einen Dämpfer bekam, sobald sie in Angelinas Zimmer ging, um sie zu wecken. Auch wenn der Tag gestern ein ungeahnter Hoffnungsschimmer war, musste das kein Dauerzustand sein.

„Vielleicht möchte sie heute sogar mit uns gemeinsam hier zu Mittag essen", sagte Sabine und biss in ihr Brot.

„Plan nicht zu viel auf einmal, Liebling!", mahnte Marek, der wusste, wie schnell seine Frau sich in etwas verrannte. „Wir wollen doch nicht, dass es Angelina zu viel wird. Lieber einen Schritt nach dem anderen."

„Wahrscheinlich hast du recht", sagte sie, „aber ich habe heute einfach so ein gutes Gefühl!"

Marek sah auf seine Armbanduhr. Es war kurz nach acht.

„Wann willst du nach ihr sehen?", fragte er.

„Ich denke, wir geben ihr noch ein, zwei Stunden. Sie hat gestern Abend eine Tablette genommen und es tut ihr bestimmt gut auszuschlafen."

Sabine verschränkte ihre Finger mit seinen. Marek sah ihr lange in die Augen. Dann führte er ihre Hand an seinen Mund und küsste sie.

Angelina stand vor ihrem Baum. Es war kalt und sie ärgerte sich, dass sie sich nicht wärmer angezogen hatte. Das dünne Nachthemd schützte sie kaum vor dem schneidenden Wind, der vor Kurzem aufgefrischt hatte. Sie legte den Kopf in den Nacken und sah an den Baumwipfeln vorbei in den Himmel. Die Sonne war mittlerweile hinter schweren, grauen Wolken verschwunden. Sie schlang die Arme um den Oberkörper. Der Geruch des ersten Schnees hing so schwer in der Luft, dass sie fest damit rechnete, jeden Moment die kalten Flocken auf der Haut zu spüren.

„Willst du dich nicht zu mir setzen?"

Angelina fuhr herum. Sie war fest davon überzeugt gewesen, allein zu sein. Ihr Blick fiel auf die Aushöhlung im Stamm ihres Baumes und sie glaubte, ihren Augen nicht trauen zu können. In der Öffnung saß Mischa und strahlte sie an.

„Na komm!", sagte er und streckte ihr eine Hand entgegen. Mit einem Satz war sie bei ihm und warf sich ihm in die Arme. Er zog sie nah an sich heran und sie kuschelte sich eng an seine Brust.

„Ich wusste, du würdest kommen", flüsterte sie und vergrub ihren Kopf an seinem Hals.

„Du hast mir gefehlt", sagte er und küsste sie auf die Stirn.

Einige Zeit saßen sie nur so da, eingekuschelt in ihrem Baum, als wären zwischen ihrem ersten Kuss an genau dieser Stelle nicht bereits zwölf Jahre vergangen.

Plötzlich hob Angelina den Kopf. Sie sah Mischa lange in die Augen. Die Wärme, die von seinem Körper ausging, umfing sie und machte sie schläfrig.

„Ich bin müde", sagte sie.

Zärtlich strich er ihr über den Kopf: „Ruh dich aus. Ich pass auf dich auf."

„Bist du noch da, wenn ich wieder aufwache?", fragte sie und in ihrer Stimme lag ein Anflug von Panik.

„Natürlich", sagte er, „ich lass dich nie mehr allein."

Vorsichtig drückte Sabine die Klinke nach unten und steckte ihren Kopf zur Tür herein. Angelina lag in ihrem Bett und schlief. Es war fast zehn Uhr.

„Aufwachen, Schlafmütze!", sagte Sabine und balancierte ein Tablett mit frisch aufgebrühtem Kaffee durchs Zimmer. Sie stellte es auf Angelinas Nachttisch ab und setzte sich zu ihrer Schwester auf die Bettkante.

Sanft berührte sie Angelina an der Schulter: „Hey, Liebes, Zeit in den neuen Tag zu starten."

Als Angelina nicht reagierte, beugte Sabine sich vor und drückte ihr einen feuchten Schmatz auf die Wange. In ihrer Kindheit hatten sie sich immer so geweckt. Die Haut ihrer Schwester fühlte sich seltsam kühl an. Sabine erschrak.

„Angie?" Sie tätschelte ihre Wange. Erst leicht, dann immer fester. Eine Reaktion blieb aus.

Sabines Blick fiel auf Angelinas rechte Hand, mit der sie einen metallenen Gegenstand umklammert hielt. Bei näherem Hinsehen entpuppte sich dieser als eine kleine Blechdose. Die Dose war leer, doch daneben, auf dem Laken, lag eine kleine weiße Pille. Sabine stellten sich die Nackenhaare auf und ihr Herzschlag beschleunigte sich. War das nicht eine ihrer Schlaftabletten? Angelina hatte doch wohl nicht ...? Panik befiel sie. Ihr Verstand war gerade noch so klar, dass sie zwei Finger an Angelinas Hals presste, um ihren Puls zu fühlen. War da was? Sie war sich nicht sicher. Bitte, lieber Gott, das durfte nicht wahr sein!
Sabine stand auf und taumelte nach hinten Richtung Tür. Sie nahm all ihre Kraft zusammen. „Marek!", schrie sie. „Marek!"

Mischa strich ihr eine Haarsträhne aus dem Gesicht. Fast hatte sie vergessen, wie schön es war, von ihm berührt zu werden.
„Frierst du?", fragte er.
Sie schüttelte den Kopf. Es musste eine Ewigkeit her sein, dass sie sich so wohl und geborgen gefühlt hatte. Doch in ihrem Inneren fand dennoch gerade ein Kampf statt. Konnte

sie wirklich bleiben? Angelina löste sich aus seiner Umarmung.

„Ich liebe dich", sagte sie.

„Ich dich auch", antwortete er. „Aber vor irgendetwas hast du Angst."

Sie starrte eine Weile vor sich hin. Dann antwortete sie zögerlich: „Wenn ich doch zurückgehen möchte, ist jetzt die letzte Gelegenheit."

„Möchtest du denn zurückgehen?", fragte er.

Sie zuckte mit den Schultern: „Ich liebe Sabine und Marek."

„Aber?"

„Ich bin so schrecklich unglücklich. Ohne dich."

„Dann lass los!" Mischa zog sie zurück in seine Arme.

Marek und Sabine standen in der offenen Tür. Sabines Körper bebte unter heftigen Weinkrämpfen. Marek hielt ihren Kopf an seine Brust gedrückt, damit sie nicht mit ansehen musste, was geschah.

Notarzt und Sanitäter hatten Angelinas Zimmer in eine Art Schlachtfeld verwandelt. Sie hatten ihr den Magen ausgepumpt, doch bisher hatte sie das Bewusstsein nicht wieder erlangt. Nun lag sie auf dem Boden, reglos und blass.

„Kein Puls mehr!", rief einer der Sanitäter. Sabine wollte sich von ihm losreißen, doch Marek hielt sie fest umklammert.

Der Notarzt gab Anweisungen, die Marek nicht verstand. Einer der Sanitäter zog eine Art Rucksack zu sich heran und bereitete den Defibrillator vor. Der andere schnitt Angelinas Nachthemd über der Brust auf. Der Notarzt rieb die beiden Metallplatten des Defis aneinander und legte sie auf Angelinas nackter Haut auf.

„Zurück!", rief er. Als Angelinas Körper sich unter der Stromwelle aufbäumte, zog Marek Sabine mit sich auf den Flur.

„Wirst du mich nach Hause bringen?" Angelina hatte ihren Kopf an Mischas Schulter gelehnt und hing ihren Gedanken nach. Es war nicht so einfach loszulassen.

„Natürlich. Wenn du dich entscheidest hier zu bleiben, werden wir zusammen nach Hause gehen."

„Und meine Schmerzen?"

„Die wirst du endgültig hinter dir lassen. Wo wir hingehen, gibt es weder Schmerz noch Angst oder Verzweiflung."

Angelina ließ die Worte auf sich wirken. Davon hatte sie schon so lange geträumt. Sabine würde es verstehen. Nicht sofort. Aber irgendwann bestimmt.

Sie war so müde, so erschöpft. Sie hatte keine Kraft mehr zu kämpfen. Sie wollte einfach nur wieder glücklich sein. Mit Mischa.

Sie drehte den Kopf und sah zu ihm auf.

„Lass los!", sagte er noch einmal. Er berührte sie zärtlich am Kinn und sah ihr tief in die Augen. Dann küsste er sie, so wie beim allerersten Mal.

Marek und Sabine saßen am Küchentisch. Sie klammerte sich an ihn wie eine Ertrinkende. Als der Notarzt die Küche betrat, ging ein Ruck durch ihren Körper. Marek konnte ihre Anspannung spüren und auch ihm schlug das Herz bis zum Hals.

Der Arzt sagte nichts. Er schüttelte nur mit bedauerndem Blick den Kopf. Dann explodierte alles in Sabines markerschütterndem Schrei.

Als Mischas Lippen die ihren berührten, durchfuhr sie ein warmer Schauer. Sie presste sich an ihn und in diesem Moment wusste sie, dass sie ihn nie mehr verlassen würde.

Etwas Kaltes berührte ihren Fuß. Sie löste sich kurz von ihm, um einen Blick nach draußen zu werfen. Kleine weiße Flocken tanzten vor ihrem Baum. Erst nur ein paar einzelne. Doch bald wurden es immer mehr. Angelina schloss die Augen und ein längst vergessen geglaubtes Gefühl des Glücks durchströmte sie. Alles würde gut werden. Endlich war er da, der erste Schnee.

Das Mädchen von Beelitz

für Marie-Luise Tobjinski

„Töte ihn!"

„Ich kann das nicht!"

„Denk an unsere Abmachung! Du hast es versprochen!"

„Aber..."

„Und denk vor allem an deine Freunde! Er oder sie!"

* * *

Die frühe Morgensonne sandte ihre schwachen Strahlen durch die große Fensterfront hoch über der Stadt und tauchte den Essbereich seines Appartements in helles, warmes Licht. Der schwere Tisch aus Eichenholz, an dem gut und gerne fünfzehn bis zwanzig Gäste Platz finden konnten, schien golden zu leuchten. Mehrere penibel geordnete und fein säuberlich darauf abgelegte Papierstapel zeugten von seinem schier unmenschlichen Arbeitspensum der letzten Nacht.

Zufrieden lächelnd lehnte Martin Wörner an der weiß lackierten Hochglanztheke, welche die luxuriöse Küche vom restlichen Wohn- und Essraum abtrennte, und genoss den Ausblick über die langsam erwachende Hauptstadt. Mit beiden Händen hielt er sich eine dampfende Tasse unter die Nase und sog den betörenden Geruch frisch aufgebrühten Kaffees ein. Schon immer hatte es seine Lebensgeister mehr angeregt, das schwarze Gebräu zu inhalieren als es nur zu trinken.

Ein Blick auf die Uhr verriet ihm, dass es Zeit war. Schließlich stand heute nichts weniger auf der Agenda als das wichtigste Projekt, an dem er jemals gearbeitet hatte. Möglicherweise hing seine ganze weitere Karriere davon ab. Zweifellos würde ihm ein erfolgreicher Abschluss ein noch höheres Ansehen in der Branche und jede Menge Geld sichern. Vielleicht sprang sogar endlich der langersehnte Architekturpreis dabei heraus.

Gedankenverloren stellte er die Kaffeetasse ab. Mit routinierten Handgriffen schloss er seine Manschettenknöpfe und rückte die weinrote Krawatte zurecht, die perfekt zu seinem hellgrauen Designeranzug passte, den er eigens für diesen großen Augenblick hatte anfertigen lassen. Dann trat er an den wuchtigen Esstisch und griff zielsicher nach einem der vorbereiteten Gehefte. Ehe er die Papiere in seiner Aktentasche verstaute, strich er noch einmal beinahe liebevoll mit dem Daumen über den Projekttitel: WOHN- UND ERHOLUNGSPARK BEELITZ-HEILSTÄTTEN. Ohne einen Blick auf die Zeichnungen und Entwürfe im Inneren werfen zu müssen, konnte er jedes einzelne der geplanten Gebäude vor sich sehen. Sein Schlüssel zu Ruhm und Ehre, dessen war er sich sicher. Wieder konnte er sich ein zufriedenes Lächeln nicht verkneifen.

Als er eben nach seinem Sakko greifen wollte, das er ordentlich über eine der Stuhllehnen gehängt hatte, durchzuckte ihn plötzlich ein stechender Schmerz. Es war ihm, als würde mit einem Mal seine Brust in Flammen stehen. Überrascht von der Heftigkeit des Schmerzes sog er deutlich hörbar die Luft ein. Reflexartig griff er sich mit der rechten Hand an die Herzgegend, obwohl er zu wissen glaubte, dass es sich kaum um Anzeichen eines Infarkts handeln konnte. Langsam schien das Brennen in seinem Brustkorb nachzulassen und auch das Stechen ebbte mehr und mehr ab. Vorsichtig atmete Martin durch. Was war das denn gewesen? Möglicherweise war er mit zweiundvierzig nun doch in einem Alter, in dem er sich nicht mehr die ganze Nacht mit Büroarbeit um die Ohren schlagen sollte. Etwas mehr Schlaf und etwas weniger Kaffee würden wahrscheinlich nicht schaden. Sobald er sich sicher war, das Schlimmste überstanden zu haben, unternahm er einen zweiten Versuch, sich das Sakko anzuziehen. Er hatte eben den rechten Arm in den Ärmel manövriert, als ihn ebenso unerwartet wie zuvor die nächste Attacke überwältigte. Dieses Mal war der Schmerz in seiner Brust so heftig, dass er sich mit beiden Händen auf der Tischplatte abstützen musste. Schlagartig bekam er keine Luft mehr. Panisch griff er sich an den Hals und versuchte den zuvor sorgsam zugezogenen Krawattenknoten zu lösen. Das bedrohliche Brennen und Stechen in seinem Brustkorb nahm zu. Wellenartig wurde er von Schmerzen durchzuckt, die er sich bisher nicht einmal hatte vorstellen können. Kalter Schweiß brach ihm aus und rann ihm in Sturzbächen den Rücken hinab. Auf seinem blütenweißen Hemd bildeten sich erste unschöne Flecken. Nach Atem ringend warf er einen verzweifelten Blick in Richtung Telefon, das unerreichbar neben dem verchromten Kaffeevollautomaten lag. Die nächste Schmerzattacke war so fürchterlich, dass es ihm den Boden unter den Füßen wegzog. Einen Arm noch immer in der Anzugjacke steckend schlug er hart mit dem Kopf auf den dunklen Marmorfliesen auf. Doch der pochende Kopfschmerz war nichts im Vergleich zu dem Toben in seiner Brust. Während Martin weiterhin verzweifelt nach Luft schnappte, traten ihm Tränen in die Augen. Er war noch nicht bereit zu sterben, elendiglich zu verrecken auf dem Küchenboden. Und schon gar nicht an diesem Tag, der doch sein Leben verändern sollte. Zum Guten. Obwohl er kein besonders gläubiger Mann war, klammerte er sich nun an eine vage Gottesvorstellung, die er unter normalen Umständen bestenfalls belächelt hätte. Wenn ich das hier überlebe, dachte er, gelobe ich, besser auf meine Gesundheit zu achten. Aber lass mich bitte noch nicht sterben!

Zuerst kollabierte sein linker Lungenflügel. Noch während Martin Wörner das Bewusstsein verlor, wurde er sich darüber klar, dass seine Gebete nicht erhört worden waren. Dann gab auch der rechte Lungenflügel endgültig den Geist auf.

* * *

Drei Tage zuvor

Der kleine Schreibtisch war vollkommen überladen und schien unter seiner Last zusammenbrechen zu wollen. Doch

Schreibutensilien oder Büromaterial suchte man hier vergebens. Stattdessen türmten sich unzählige Bücher auf der viel zu kleinen Sperrholzplatte. Dicke Wälzer übers Kartenlegen, den Totenkult der amerikanischen Südstaaten und über Voodoo. Obenauf lag ein Bildband, in dem verlassene Häuser und Ruinen der Republik von renommierten Fotografen und Künstlern für die Ewigkeit festgehalten waren.

Mit einer dampfenden Tasse Tee in der einen und einem zerfledderten Schächtelchen in der anderen Hand ließ Marie-Luise sich schwerfällig auf den Schreibtischstuhl sinken. Obwohl es bereits nach Mittag war, saß ihr die Müdigkeit noch immer in den Knochen. Die Partys mit ihrer Clique hatten es wahrlich in sich. Flüchtig wischte sie mit dem Unterarm ein paar Krümel von der Tischplatte, um Platz für ihr Vorhaben zu schaffen. Ein herzhaftes Gähnen unter dem Schreibtisch ließ darauf schließen, dass noch jemand noch immer nicht ganz wach war. Marie-Luise warf ihrer Schäferhündin Anouk einen liebevollen Blick zu, die dicht neben ihren Füßen lag und schlief.

Mit routinierten Handgriffen zog sie einen Stapel Karten aus der Schachtel und mischte diese solange durch, bis sie das Gefühl hatte, es wäre genug. Während sie die Karten verdeckt und nach einem genau festgelegten Muster vor sich ausbreitete, stieß sie Anouk vorsichtig mit dem Fuß an. Die Hündin öffnete langsam die Augen und sah zu ihr auf, ohne den Kopf von den Pfoten zu heben.

„Wollen wir doch mal sehen, was die Woche uns bringen mag. Was meinst du?"

Das Tier stieß einen gleichgültigen Seufzer aus, ehe es erneut die Augen schloss, um weiterzuschlafen.

„Schnarchnase!", murmelte die junge Frau und vertiefte sich in ihre Karten. Mit analytischem Blick deckte sie eine nach der anderen auf. Konzentriert drehte sie dabei eine ihrer knallrot gefärbten Haarsträhnen zwischen den Fingern.

Nach wenigen Minuten war sie so in ihre Gedanken versunken, dass sie das zaghafte Klopfen an ihrer Zimmertür gar nicht wahrnahm. Erst als Anouk sich aufrichtete, die Ohren aufstellte und freudig ihren Schwanz hin-

und herpeitschen ließ, tauchte sie aus ihren Überlegungen auf und drehte sich um. Im Türrahmen stand ihre beste Freundin Nancy und sah nicht weniger verschlafen aus als sie selbst.

„Guten Morgen, Froschi!", flötete Marie-Louise angesichts der vorgerückten Stunde mit einem Augenzwinkern. Nancy winkte ihr mit einer Bäckertüte zu und sofort breitete sich der Duft frischer Brötchen in dem kleinen Zimmer aus.

Dann trat sie hinter die Freundin, drückte ihr einen flüchtigen Kuss auf den Haaransatz und warf einen neugierigen Blick auf den Schreibtisch.

„Du und dein Tarot!", seufzte sie beim Anblick der zur Hälfte aufgedeckten Karten.

Marie-Luise verdrehte die Augen. Obwohl Nancy und sie ein Herz und eine Seele waren, schieden sich bei diesem Thema die Geister.

„Was verraten dir die komischen bunten Bildchen denn dieses Mal?"

„Ich werde in den nächsten Tagen eine neue Bekanntschaft machen, die eine Herausforderung mit sich bringen wird."

„Aha!" Nancy hob zweifelnd eine Augenbraue.

„Wie dem auch sei, ich kann dir ganz ohne Karten voraussagen, wo du übermorgen sein wirst."

„Nicht schon wieder eine durchzechte Nacht! Ich muss mich wirklich erst von gestern erholen", versuchte Marie-Luise zu protestieren, auch wenn sie wusste, dass das wenig Sinn hatte.

„Wer redet denn von einer durchzechten Nacht? Es ist was viel Besseres!"

Nancys geheimnisvoller Blick machte sie nun doch neugierig.

„Die Jungs planen eine Horrorparty!", platzte diese schließlich heraus und strahlte dabei von einem Ohr zum anderen.

Auch Marie-Luise musste lächeln. Schon seit einer Ewigkeit schwärmten die beiden Freundinnen für dieses Thema. Bei Horrorpartys stieg man beispielsweise in leerstehende Gebäude ein, um in gruseliger Atmosphäre zu feiern oder auch den ein oder anderen Geist zu beschwören. Da sie ein Faible für verlassene, alte Häuser hatte, konnte sie ihre Begeisterung nun kaum verhehlen.

„Und du errätst niemals, wo", setzte Nancy noch einen oben drauf.

Vor Aufregung und Vorfreude lief es Marie-Luise kalt den Rücken hinunter: „Jetzt sag schon! Spann mich doch nicht so lang auf die Folter!"

„Beelitz. In den alten Heilstätten."

„Nein!"

„Doch!"

Bei dem Gedanken daran, endlich einmal einen Fuß in die ehemalige Lungenchirurgie zu setzen, brach Marie-Luise in wildes Jubelgeschrei aus. Nancy und sie hatten schon mehrmals Führungen durch Beelitz-Heilstätten mitgemacht, da die Ruinen jedoch als einsturzgefährdet galten, durfte man sie dabei lediglich von außen betrachten. In das Innere vordringen zu können, war ein langgehegter Traum, der nun endlich in Erfüllung zu gehen schien.

Nachdem sie sich wieder beruhigt hatte, wandte sie sich erneut ihren Tarotkarten zu:

„Dann schauen wir doch mal, was unser kleiner Ausflug für uns bereit hält."

„Wenn es unbedingt sein muss. Danach will ich aber endlich was essen", seufzte Nancy und wedelte noch einmal vielsagend mit der Bäckertüte. Neugierig beugte sie sich über ihre Freundin, als diese die nächste Karte umdrehte. Zum Vorschein kam ein strahlendweißes Pferd, auf dessen Rücken ein Reiter in schwarzglänzender Rüstung saß. Als Nancys Blick auf seinen knochigen Schädel fiel, schnappte sie nach Luft.

„Oh Scheiße, das ist der Tod!", japste sie.

„Mach dir nicht ins Hemd", lachte Marie-Luise.

„Im Tarot steht diese Karte nur im übertragenen Sinne für Werden und Vergehen. Das bedeutet, dass mir eine umfassende Veränderung in meinem Leben bevorsteht."

„Ach ja?" Nancys aschfahles Gesicht mit den noch immer weit aufgerissenen Augen verriet, dass sie nicht überzeugt war.

„Und ich bin mir ganz sicher, dass diese Veränderung mit unserem Ausflug nach Beelitz zu tun hat", fügte Marie-Luise hinzu, während sie ein Schokoladenbrötchen aus Nancys Tüte zog und genüsslich hineinbiss.

* * *

Das Laub raschelte unter ihren Füßen. Abgesehen davon lag eine gespenstische Stille über dem Gelände, die hin und wieder vom Rufen eines Waldkauzes durchbrochen wurde. Es war eine sternenklare Nacht, doch die schmale Sichel des Mondes spendete so gut wie kein Licht. Bei jedem Schritt tanzten die Kegel ihrer Taschenlampen über den zugewucherten Weg. Mehr als einmal übersah einer von ihnen in der Dunkelheit einen herabgefallenen Ast oder eine kleine Wurzel und wäre beinahe gestürzt.

Die alten Heilstätten von Beelitz lagen inmitten eines riesigen Kiefernwaldes, in dessen Schutz sie sich nun den heruntergekommenen Gebäuden näherten. Obwohl alle dem bevorstehenden Abenteuer entgegenfieberten und die Euphorie groß war, wagten sie dennoch kaum zu atmen. Mit jedem Meter, dem sie sich den Ruinen näherten, wuchs ihre innere Anspannung. Alle waren sie schon einmal hier gewesen. Allerdings bei Tageslicht und in der Gewissheit, die Chirurgie nicht betreten zu dürfen. Was sie im Inneren erwarten mochte, verursachte ihnen allen eine Gänsehaut.

Die vier Jungs marschierten voran, Marie-Luise und Nancy folgten dicht dahinter. Anouk lief zwischen ihnen und schien die Mischung aus Vorfreude und Nervosität der beiden Freundinnen zu spüren, denn sie wich ihnen keinen Zentimeter von der Seite.

Aufgrund der undurchdringlichen Finsternis hatte Marie-Luise zunächst gar nicht bemerkt, dass sie schon eine ganze Weile neben dem imposanten Hauptgebäude herliefen. Als jemand den spärlichen Lichtschein seiner Taschenlampe über die heruntergekommene Fassade gleiten ließ, zuckte sie daher erschrocken zusammen. Das Ziegelwerk war an einigen Stellen recht bröckelig und ein Großteil der Fensterscheiben war kaputt – von Naturgewalten zerstört oder mutwillig eingeschlagen. Wie unzählige dunkle

Augenpaare schienen sie die ungebetenen Gäste anzustarren. Marie-Luise fröstelte und schlang die Arme um den Oberkörper. Doch die innere Kälte, die sie schlagartig befallen hatte, ließ sich so nicht vertreiben.

Schließlich erreichte der kleine Trupp einen Nebeneingang. Vorsichtig stiegen sie drei brüchige Steinstufen hinauf. Während die Jungs sich gegen die hölzerne Eingangstür stemmten, ließ Marie-Luise den Schein ihrer Lampe über die Umgebung wandern. Ein ungutes Gefühl hatte sie beschlichen und glitt nun langsam ihren Rücken hinauf. Jemand beobachtet uns, dachte sie. Ihr Herzschlag beschleunigte sich und nervös drehte sie sich in alle Richtungen, um denjenigen ausfindig zu machen, dessen Augen sie auf sich zu spüren glaubte. Als die Tür hinter ihr mit lautem Knarren nachgab, zuckte sie heftig zusammen.

Die sechs standen in einer kleinen Halle. Möglicherweise hatte sie früher einmal als eine Art Empfang gedient. Der gefliese Boden war mit Schutt und hereingewehtem Laub übersät.

An einer Stelle nah bei den zerbrochenen Fenstern hatte sich eine bräunlich schimmernde Pfütze gebildet. Wohl ein Überbleibsel des letzten Starkregens. Nancy leuchtete die Wände ab. Über den untersten Treppenstufen prangte ein Pentagramm aus Sprühfarbe und kündete davon, dass sie nicht die ersten Eindringlinge waren. Natürlich nicht.

Marie-Luise strich sich nervös eine Haarsträhne aus dem Gesicht. Ihre Hand zitterte. Sie ging in die Hocke und schlang ihre Arme um Anouk. Die Schäferhündin schien ganz ruhig zu sein, was auch Marie-Luises Nervosität sofort etwas eindämmte.

„Lasst uns nach oben gehen!", schlug Chris schließlich vor. „Aber passt auf, wo ihr hintretet! Nicht, dass uns die Treppe unter dem Arsch zusammenkracht!"

Vorsichtig machten sie sich auf den Weg. Bereits am Nachmittag hatten sie beschlossen, sich einen geeigneten Platz im obersten Stockwerk zu suchen.

„Vielleicht ist es besser, dem Himmel so nah wie möglich zu sein, wenn man die Geister beschwören will", hatte einer der Jungs gewitzelt. Vorhin hatten die beiden Mädchen noch darüber gelacht. Jetzt erschien es ihnen weit weniger lustig. Immer noch hatte Marie-Luise das Gefühl, beobachtet zu werden, obwohl sie im Inneren der Heilstätten eigentlich vor neugierigen Blicken von außen geschützt sein müssten. Außer der Beobachter lauert hier drinnen, dachte sie und erneut bekam sie eine Gänsehaut. Um ihre innere Anspannung loszuwerden, begann sie leise vor sich hinzusummen.

„Hör auf damit!", raunzte Andreas sie an. „Du hörst dich an, wie eines dieser vom Teufel besessenen Kinder in einem Horrorfilm."

„Wenn es ihr hilft", sprang Nancy ihr bei.

„Aber mir hilft es nicht! Ganz im Gegenteil", antwortete er etwas versöhnlicher und setzte seinen Aufstieg fort.

Als sie den letzten Treppenabsatz hinter sich gelassen hatten, standen sie in einem langen schmalen Gang. Wieder ließen sie das Taschenlampenlicht ausschwärmen. Kurz überlegten sie, ob sie sich nach links oder rechts wenden sollten. Instinktiv entschieden sie sich schließlich für den rechten Teil des Korridors. Sie passierten unzählige ehemalige Patientenzimmer, in denen sich ihnen stets dasselbe Bild bot. Eingeschlagene Fensterscheiben, Schutt und Unrat auf dem Boden, alte und verrostete Möbel. Der Wind pfiff durch die kaputten Fenster und erzeugte ein unheimliches Wimmern. Wie das Wehklagen der Kranken, die hier behandelt worden waren. In den Waschräumen zeugten zerschlagene Badewannen und Waschbecken von der Zerstörungswut einiger nächtlicher Besucher.

„Was für Idioten machen denn so was?", murmelte Nancy. Marie-Luise antwortete ihr mit einem Schulterzucken, das die Freundin in der Dunkelheit jedoch nicht sehen konnte.

Schließlich blieb Chris vor einer der Türen stehen.

„Hier ist es doch ganz cool!", meinte er.

Sie standen vor einem ehemaligen Behandlungsraum. In der Mitte befand sich ein Untersuchungstisch, über dem eine große OP-

Lampe angebracht war. Auch hier war der Putz von den Wänden gebröckelt, zerbrochene Fliesen und kaputtes Mauerwerk bedeckten den Boden. Und auch hier hatte sich eine große Pfütze gebildet.

„Näher können wir den toten Seelen wohl kaum noch kommen", stellte Benny fest und deutete nach oben. Über ihnen klaffte ein riesiges Loch, wo eigentlich das Dach hätte sein sollen. Marie-Luise hatte bereits gelesen, dass nach dem Abzug der Sowjets, die Beelitz während des kalten Krieges als Militärkrankenhaus genutzt hatten, Mitte der neunziger Jahre Plünderungen in den Heilstätten stattgefunden hatten und dass davon auch die Kupferdächer nicht verschont geblieben waren. Doch jetzt hier zu stehen und Zeuge dieses unglaublichen Raubzuges zu werden, erschütterte sie dennoch. Durch das Loch im Dach konnte sie weit entfernt leuchtende Sterne erkennen.

„Also gut, dann bleiben wir eben hier", unterbrach Nancy die unangenehme Stille. Sie öffnete ihren Rucksack und zog mehrere weiße Stumpenkerzen heraus, mit denen sie den auserkorenen Partyraum dekorieren wollte. Marie-Luise tat es ihr gleich und gemeinsam platzierten sie die Kerzen auf dem Boden und dem Behandlungstisch. Als sie fertig waren, tauchten die Flammen den Raum in ein warmes Licht. Gleich schien alles viel weniger gruselig zu sein. Zufrieden ließ sich das Grüppchen im trockenen Teil des Zimmers im Kreis nieder. Andreas zog eine Flasche Whiskey aus seinem Rucksack, nahm einen kräftigen Schluck und gab sie dann weiter.

Die Jungs müssen sich wohl ein wenig Mut antrinken, dachte Marie-Luise und musste grinsen. Sie spürte Anouks Wärme an ihrem rechten Oberschenkel und zauste der schon wieder dösenden Hündin das Fell. Nachdem sie eine Weile nur dagesessen und getrunken hatten, ergriff Nancy die Initiative. Sie entzündete ihre letzte Kerze und stellte sie in die Mitte des Kreises. Sofort tauchte sie die Gesichter der sechs Freunde in einen gespenstischen Wechsel aus Licht und Schatten. Dann bedeutete Nancy ihnen, dass sie sich an den Händen nehmen sollten.

„Seid ihr wirklich bereit dazu?", fragte sie und ihr Blick ließ keinen Zweifel daran, wie ernst ihr die Sache war. Das Nicken der Jungs schien etwas zögerlich zu sein und wieder konnte sich Marie-Luise ein Lächeln nur schwer verkneifen. Jetzt war sie in ihrem Element. Die Angst vor einem unbekannten Beobachter war verflogen. Sie konzentrierte sich nur auf die bevorstehende Seance. Nicht nur einmal hatten Nancy und sie auf alten Dachböden und in Kellern vergebens die Geister zu beschwören versucht. Aber hier, in dieser besonderen Atmosphäre von Beelitz, musste es nun doch einfach klappen!

Sobald sie sich an den Händen hielten und alle die Augen geschlossen hatten, legte Nancy los: „Geister von Beelitz, wir versammeln uns heute Nacht hier in der Hoffnung, dass wir ein Zeichen eurer Anwesenheit erhalten. Bitte fühlt euch in unserem Kreis willkommen und schließt euch uns an, wenn ihr bereit seid."

Lange Zeit war es totenstill. Marie-Luise konzentrierte sich auf jede Regung und jedes noch so kleine Geräusch, doch alles, was sie hörte, war das Atmen der anderen. Sie wusste, wie schwer es den Jungs fallen musste, die Augen geschlossen zu halten, doch sie selbst genoss diese innere Versunkenheit in vollen Zügen.

Plötzlich frischte der Wind auf und strich durch den Raum. Durch die geschlossenen Augenlider nahm Marie-Luise wahr, dass die Kerzen stark zu flackern begannen. Nancy drückte sanft ihre Hand und sie konnte die Euphorie der Freundin spüren. Doch dann herrschte wieder Stille.

„Geister von Beelitz", fuhr Nancy fort, „wenn ihr in unserer Mitte seid, gebt uns bitte ein noch eindeutigeres Zeichen!"

Obwohl der Wind nicht zurückkehrte, fühlte Marie-Luise auf einmal ein kaltes Prickeln im Nacken. Sofort beschleunigte sich ihr Puls.

„Marie-Luise", flüsterte es dicht neben ihrem linken Ohr. Sie riss die Augen auf. Die anderen saßen noch immer in sich gekehrt da. Keiner von ihnen schien die leise Stimme gehört zu haben. Sie sah hinter sich, doch an der Stelle, von der das Flüstern gekommen war, herrschte nur Dunkelheit. Selbst Nancy hatte anscheinend nichts bemerkt, denn sie saß konzentriert und mit geschlossenen Augen neben ihr.

Sie musste sich das Ganze eingebildet haben. Vermutlich hatte nur der Wind, der durch die angrenzenden Patientenzimmer pfiff, das Geräusch erzeugt. Sie beschloss, die Augen wieder zu schließen.

„Marie-Luise!" Da war es wieder. Sofort waren all ihre Sinne hellwach. Jetzt glaubte sie nicht mehr an Einbildung. Angespannt lauschte sie in die Finsternis, während ihr das Herz vor Aufregung bis zum Hals schlug.

„Marie-Luise, komm zu mir!", forderte die leise Stimme in säuselndem Tonfall.

Wieder sah sie sich um. Doch noch immer schien keiner ihrer Freunde etwas bemerkt zu haben. Auch Anouk lag vollkommen unbeeindruckt neben ihr.

Vorsichtig wollte sie sich aus Nancys und Bennys Griff lösen. Sofort schlug Nancy die Augen auf.

„Was machst du denn?", fragte die Freundin gereizt. „Du zerstörst alle guten Schwingungen!"

„Sorry, aber ich muss mal", log Marie-Luise und stand auf. Nancy warf ihr einen wütenden Blick zu.

„Mach dir nicht die Mühe, nach einer intakten Toilette zu suchen", witzelte Dennis, der froh zu sein schien, dass die angespannte Atmosphäre fürs Erste unterbrochen war. „Irgendeine schöne Ecke wirst du schon finden."

„Nimm wenigstens den Hund mit", merkte Nancy an, deren Sorge ihre Wut zu überwiegen schien.

„Macht schon mal ohne mich weiter!", forderte Marie-Luise sie auf. Dann trat sie zusammen mit Anouk in den stockdunklen Flur. Im Licht ihrer Taschenlampe versuchte sie sich zu orientieren. Insgeheim wartete sie auf weitere Anweisungen der leisen Stimme.

„Wo bist du?", flüsterte sie.

Als eine Antwort ausblieb, entschied sie sich, dem bisher unerkundeten Teil des Korridors zu folgen. Sie war erst wenige Schritte weit gegangen, da hörte sie es wieder: „Marie-Luise!"

Sie blieb stehen. Das Flüstern schien weiter entfernt zu sein als zuvor. Vermutlich hatte sie sich doch falsch entschieden. Sie machte kehrt und ging nun in die Richtung weiter, aus der sie vorhin gekommen waren. Als sie den Behandlungsraum passierte, in dem ihre Freunde saßen, konnte sie Nancys beschwörendes Murmeln hören.

„Hier bin ich!" Mit jedem Schritt konnte sie die Stimme deutlicher hören. Kurz bevor sie die Tür zu einem der Patientenzimmer erreichten, wurde Anouk unruhig. Die Hündin legte die Ohren an und begann leise zu winseln. Marie-Luise streichelte ihr beruhigend über den Kopf, obwohl es auch in ihr tobte. Noch immer schlug ihr das Herz bis zum Hals. Ihr Mund war staubtrocken und das Schlucken fiel ihr schwer.

„Komm zu mir!", forderte das Flüstern sie auf. Mit einer Mischung aus Beunruhigung und Vorfreude betrat sie das Zimmer und erstarrte. Auf einem der beiden verrosteten Metallbetten, die rechts an der Wand standen, saß ein kleines Mädchen. Sie trug ein langes weißes Nachthemd, das mit den vielen Rüschen sehr altmodisch wirkte. Ihre Haut war blass, beinahe durchscheinend. Marie-Luise lief ein kalter Schauer über den Rücken und ihre Nackenhärchen stellten sich auf. Anouks Winseln wurde lauter, doch als das Mädchen ihr einen strengen Blick zuwarf, verstummte die Hündin und suchte mit eingezogenem Schwanz hinter ihrem Frauchen Zuflucht.

„Da bist du ja endlich", sagte das Mädchen und schenkte Marie-Luise ein gewinnendes Lächeln. „Ich hatte schon Angst, du würdest gar nicht mehr kommen."

Marie-Luise sah sie verwundert an: „Ich kann doch nicht länger als zehn Minuten gebraucht haben."

„Du hast ja keine Ahnung, wie lange ich schon auf dich warte!", antwortete das Mädchen.

„Ich verstehe nicht..."

„Nein, natürlich nicht. Wie könntest du auch?" Das Mädchen richtete den Blick auf die gegenüberliegende Wand und schien dabei doch in weite Ferne zu schauen. In Gedanken versunken strich sie den Stoff ihres Nachthemdes glatt.

„Ich brauche deine Hilfe", sagte sie schließlich. „Nur deswegen bist du heute hier."

„Oh nein", erwiderte Marie-Luise belustigt, „ich bin hier, um mit meinen Freunden eine Horrorparty zu feiern." Kaum hatte sie die Worte ausgesprochen, kam sie sich blöd vor.

Das Mädchen hob eine Augenbraue und sah Marie-Luise mitleidig an: „Du glaubst doch nicht etwa an Zufälle?"

Was sollte das denn nun bitte heißen. Marie-Luise schluckte schwer. Die Bestimmtheit dieses kleinen Mädchens war ihr weit unheimlicher als die Geisterbeschwörung ein paar Räume weiter.

„Bist du nicht etwas zu jung, um dich nachts allein hier draußen in Beelitz herumzutreiben?", fragte sie.

Das Mädchen verfiel in ein schrilles Lachen und sofort bekam Marie-Luise wieder eine Gänsehaut.

„Du scheinst es noch immer nicht begriffen zu haben", stieß sie schließlich noch immer kichernd hervor. „Du treibst dich hier herum. Ich lebe hier."

Ungläubig sah Marie-Luise sie an: „Unmöglich! Du bist doch höchstens zwölf Jahre alt."

„Dreizehn!", erwiderte das Mädchen ohne Groll. „Aber in meinem Zustand spielt das Alter keine besondere Rolle mehr."

Marie-Luise wurde es heiß und kalt. Langsam glaubte sie zu begreifen, mit wem oder besser mit was sie es hier zu tun hatte.

„Du bist ein Geist", presste sie zwischen zusammengekniffenen Lippen hervor.

Das Mädchen nickte. Dann begann sie zu erzählen: „Die Lungenchirurgie von Beelitz wurde 1898 erbaut. 1903 wies ein Arzt meine Mutter hier ein. Die Schwindsucht hatte ihr bereits sehr stark zugesetzt."

„Du meinst die Tuberkulose?", hakte Marie-Luise nach.

Das Mädchen warf ihr einen fragenden Blick zu. „Wie auch immer", fuhr sie schließlich fort. „Da mein Vater Angst hatte, sie könnte mich angesteckt haben, brachte er mich ebenfalls hierher. Dies war unser Zimmer."

„Warst du denn krank?"

„Ja", wieder nickte das Mädchen. „Ob ich es allerdings bei meiner Einweisung schon war oder ob ich mich hier erst infiziert habe, weiß ich nicht. Für meine Mutter kamen die Behandlungen jedoch zu spät. Obwohl die Ärzte ihr Möglichstes taten, verstarb sie nur wenige Wochen nach unserer Ankunft."

Der Blick des Mädchens wurde traurig. Wieder ließ sie ihn in die Ferne schweifen.

„Und du?"

„Ich wurde fortan von einer Freiluftkur zur nächsten gezerrt. Man versuchte alles, um die Schwindsucht zu besiegen. Vier lange Jahre wurde ich hier behandelt."

Marie-Luise wurde es schwer ums Herz. Sie stellte sich das Mädchen vor, dessen Mutter vor ihren Augen gestorben war, und dessen Vater sich aus Sorge um seine eigene Gesundheit nicht mehr um seine Tochter kümmern wollte. Wie viel Angst musste sie ganz allein in diesem großen Krankenhauskomplex gehabt haben. Wie einsam und verlassen musste sie sich gefühlt haben.

Das Mädchen sprach weiter und riss sie aus ihren Gedanken: „Aber es half alles nichts. Kurz nach meinem dreizehnten Geburtstag haben die Ärzte den Kampf gegen die Schwindsucht verloren."

„Das tut mir leid!" Marie-Luises Anteilnahme war aufrichtig. Doch das Mädchen zuckte nur die Achseln. Für sie selbst schien ihr Tod nach über hundert Jahren an Bedeutung verloren zu haben.

„Wie soll ich dir helfen?"

„Du wirst sicher verstehen", antwortete das Mädchen, „dass Beelitz mein Zuhause ist. Immerhin habe ich ein Drittel meines Lebens hier verbracht. Außerdem ist es die Ruhestätte meiner Mutter."

Marie-Luise nickte. Die Worte des Mädchens leuchteten ihr ein.

„Doch jetzt ist dieses Zuhause in Gefahr. In ernster Gefahr. Ein Architekt plant, alles hier abzureißen, um einen modernen Wohn- und Erholungspark zu errichten. Das hatten vor ihm schon viele im Sinn. Aber ich befürchte, dass seine Pläne die ersten sein werden, die tatsächlich umgesetzt werden könnten."

„Woher willst du das wissen?", fragte Marie-Luise erstaunt. Sie konnte sich kaum vorstellen, dass man als Geist Zugang zu modernen Medien hatte.

„Ich weiß es eben!", antwortete ihr Gegenüber gereizt.

„Und was kann ich tun?"

„Du musst ihn für mich töten!"

Marie-Luise glaubte, ihren Ohren nicht zu trauen. Das konnte sie unmöglich ernst meinen. Entschieden schüttelte sie den Kopf: „Bist du verrückt geworden? Auf keinen Fall! Wie sollte das überhaupt funktionieren? Du wirst doch nicht ernsthaft glauben, dass ich bei dem Kerl in die Wohnung marschiere und ihn erschieße oder ihm irgendwas über den Schädel schlage?"

Wieder lächelte das Mädchen gequält. „Du hast ganz andere Qualitäten", erwiderte sie schließlich. „Schon als du hier angekommen bist, habe ich sofort gespürt, dass du die Richtige dafür bist. Du hast übersinnliche Fähigkeiten."

Marie-Luise lachte ungläubig: „Das ist doch Blödsinn!"

„Du interessierst dich doch für Voodoo", schnitt ihr das Mädchen das Wort ab. Marie-Luise erstarrte. Woher wusste sie davon?

„Und mit genau so einem Voodoozauber wirst du ihn töten." Sie griff hinter sich und zog ein Stoffpüppchen hervor. Was für ein Klischee!

Langsam schüttelte Marie-Luise den Kopf: „Das ist ein Schadzauber. So etwas mache ich nicht. Ich bin kein Bocore!"

Böse funkelte das Mädchen sie an. Der freundliche Blick von vorhin war nun blankem Hass gewichen.

„Wenn du es nicht tust, werden deine Freunde da drüben sterben! Denk bloß nicht, dass ich dazu nicht in der Lage wäre!"

Doch Marie-Luise hatte nicht vor, so klein beizugeben. „Wenn du dafür sorgen kannst, dass Menschen sterben, warum tötest du den Typen dann nicht selbst?", presste sie wütend hervor.

Das Mädchen senkte den Kopf: „Weil er außerhalb meines Einflussbereichs ist. Meine Kräfte erstrecken sich nur hier auf Beelitz."

„Was willst du uns dann noch anhaben, wenn wir einfach unsere Sachen packen und gehen?", schleuderte Marie-Luise ihr triumphierend entgegen.

„Denkst du etwa, ich würde euch einfach so gehen lassen?", erwiderte das Mädchen lächelnd. In ihren Augen lag ein teuflisches Glitzern. Sie hob die Hand.

Plötzlich begann Anouk wieder leise zu winseln. Marie-Luise drehte sich zu ihrer Hündin um. Im Blick des Tieres lag Panik und das Winseln wurde zu einem Keuchen. Anouk beugte sich vornüber. Sie schien keine Luft zu bekommen.

Marie-Luise wirbelte herum. „Was tust du?", schrie sie das Mädchen an.

„Wenn du mir nicht glaubst, muss ich dir eben beweisen, wozu ich fähig bin", zischte sie und ließ den japsenden Schäferhund dabei nicht aus den Augen.

„Hör bitte auf damit! Ich tu ja, was du verlangst, aber lass Anouk aus dem Spiel!"

Zufrieden grinsend ließ das Mädchen die Hand sinken. Augenblicklich schien es Anouk besser zu gehen. Erschöpft ließ sie sich zu Boden sinken. Doch immerhin konnte sie wieder frei atmen.

Marie-Luise trat auf das Mädchen zu und nahm die Stoffpuppe an sich. „Was genau soll ich tun?"

„Sobald die Sonne aufgeht, fangen wir an. Bis dahin, erkläre ich dir alles ganz genau."

Langsam bahnte sich das Morgenrot seinen Weg und hangelte sich an den hohen Kiefern entlang nach oben. Marie-Luise saß im Schneidersitz auf dem kalten Fliesenboden, Anouks Kopf auf ihrem Schoß. Das Mädchen saß nach wie vor reglos auf seinem Bett und blickte aus dem Fenster des Zimmers, das sie nunmehr seit fast einhundertfünfzehn Jahren bewohnte.

„Es wird Zeit", sagte sie schließlich.

Liebevoll schob Marie-Luise Anouk beiseite und stand auf. Wie zuvor besprochen trat sie ans

Fenster, wo die Stoffpuppe und die Nadeln bereits auf ihren grausamen Einsatz warteten.

Mit zitternden Händen nahm sie eine der Nadeln zur Hand. Da überlief sie plötzlich ein kalter Schauer. Das Mädchen war dicht neben sie getreten, als wolle sie jede ihrer Bewegungen genauestens überwachen.

„Denk daran, dass du auf seine Brust zielst. Er soll die gleichen Schmerzen erleiden, die meine Mutter ertragen musste", gab sie ihr letzte Anweisungen.

Marie-Luise nickte. Wie in Zeitlupe setzte sie der Puppe die spitze Nadel auf die Brust. Ihr Mund war so trocken, dass ihre Zunge am Gaumen klebte. Vor Aufregung zog sich ihr der Magen schmerzhaft zusammen und einen Moment lang hatte sie Angst, dass ihr schwarz vor Augen werden könnte.

„Töte ihn!", zischte das Mädchen.

„Ich kann das nicht!"

„Denk an unsere Abmachung! Du hast es versprochen!"

„Aber ..."

„Und denk vor allem an deine Freunde! Er oder sie!"

Marie-Luise wusste, dass sie keine andere Wahl hatte. Ein letztes Mal rief sie sich ins Gedächtnis, was ihr das Mädchen zuvor eingebläut hatte: sag dir immer wieder seinen Namen vor, damit du dich besser auf ihn konzentrieren kannst.

„Martin Wörner, wohnhaft in Berlin. Martin Wörner, wohnhaft in Berlin ...", murmelte sie zunächst zaghaft, dann immer lauter werdend. Währenddessen stimmte das Mädchen einen schauderhaften Gesang an. Eine Mischung aus unverständlichen Lauten und ohrenbetäubendem Johlen. Nach kurzer Zeit schien sie wie in Trance zu sein. Als die Sonne über dem Kiefernwald aufging, tauchte sie den Raum für einen Augenblick in ein blutrotes Licht.

„Martin Wörner, wohnhaft in Berlin", schrie Marie-Luise ein letztes Mal. Dann stach sie zu. Die Puppe in ihrer Hand schien zu vibrieren und die Nadel begann zu glühen. Gleichzeitig breitete sich ein wohlig warmes Gefühl in

Marie-Luise aus. So musste sich grenzenloses Glück anfühlen, dachte sie. Euphorisch griff sie nach der nächsten Nadel und trieb auch diese in den Leib der Puppe. Dieses Mal fiel es ihr überhaupt nicht mehr schwer, doch das Glücksgefühl war umso größer. Erst jetzt bemerkte sie, dass ihr Tränen der Freude über die Wangen liefen. Der Gesang des Mädchens hallte in ihren Ohren, das rote Licht der Sonne brannte in ihren Augen. Die dritte Nadel setzte sie dicht neben der zweiten an. Als sie zustach, entfuhr ihr ein kehliges Lachen.

Dann war es mit einem Mal still. Totenstill. Langsam kam Marie-Luise wieder zu sich. Sie ließ die durchbohrte Puppe sinken. Die Sonnenstrahlen verströmten nur noch einen schwachen goldenen Schimmer. Sie drehte sich zu dem Mädchen um. Doch der Raum hinter ihr war leer. Nur Anouk lag noch immer friedlich schlafend neben der Tür.

„Wo bist du?", flüsterte sie verwirrt, doch dieses Mal erhielt sie keine Antwort. Kopfschüttelnd strich sie mit den Fingerspitzen über die Stoffpuppe, den einzigen Hinweis darauf, dass sie das alles nicht geträumt hatte.

* * *

Als sie mit Anouk in den Behandlungsraum zurückkehrte, lagen ihre Freunde in Schlafsäcken eingerollt auf dem Boden und schliefen tief und fest. Mehrere leere Flaschen ließen vermuten, dass es noch etwas dauern konnte, bis sie aufwachen würden. Die Kerzen waren vollständig heruntergebrannt. Marie-Luise kuschelte sich in ihren eigenen Schlafsack, setzte sich neben Nancy auf den Boden und lehnte sich mit dem Rücken gegen die Wand. Sanft strich sie der schlafenden Freundin übers Haar.

„Schlaf ruhig weiter, Froschi", flüsterte sie.

Eigentlich war es ihr ganz recht, dass sie noch ein wenig Zeit für sich hatte, in der sie über die Geschehnisse der letzten Nacht nachdenken konnte.

Ohne dass sie einen Beweis dafür benötigte, wusste sie, dass dieser Martin Wörner tot war.

Ein Lächeln umspielte ihre Lippen. Sie hatte einen Menschen getötet. Und es fühlte sich verdammt gut an.

Der Staat gegen Richard Coleman

Wie immer in den letzten Wochen hatte Morten Davis in der ersten Reihe der Zuschauerbänke Platz genommen. Es roch nach abgestandener Luft und Holzpolitur. Dunkles Mahagoni war die dominierende Farbe beim gesamten Mobiliar sowie der Wandvertäfelung. Morten stützte sich mit beiden Händen auf der wächsern glänzenden Brüstung ab und warf einen flüchtigen Blick auf seine teure Armbanduhr. Kurz vor halb zehn. Bald würde es losgehen. Wie jedes Mal spürte er ein leicht flaues Gefühl in der Magengegend aufsteigen, das er aber unverzüglich niederkämpfte. Als sich eine schmale Tür im hinteren Teil des Saals öffnete und zwei Uniformierte Richard Coleman in Handschellen hereinführten, ließ Morten ihn keine Sekunde aus den Augen. Doch Coleman hatte den Blick niedergeschlagen und ließ sich beinahe schicksalsergeben zu seinem Platz bringen. Die Untersuchungshaft schien ihn mürbe gemacht zu haben. Seine weichen, fast androgynen Gesichtszüge wirkten eingefallen. Der blonde Kurzhaarschnitt hatte sichtbar an Form verloren.

Als nächstes tippelte eine zierliche, fast zerbrechlich wirkende Gerichtssprecherin herein und verkündete mit erstaunlich fester Stimme: „Wir verhandeln heute den Fall Jennifer Davis. Der Staat gegen Richard Coleman. Bitte erheben Sie sich für den ehrenwerten Richter Flannigan!"

Als Morten aufstand, schloss er beiläufig den Knopf seines schwarzen Nadelstreifenjacketts und legte die leicht zitternden Hände hinter dem Rücken ineinander. In Saal zwölf ging es um nichts weniger als den Mord an seiner Frau.

Heute war bereits der achtzehnte Prozesstag und bei jedem einzelnen war Morten mit dabei gewesen. Vor zwei Wochen war er selbst als Zeuge aufgerufen worden. Relativ gefasst hatte er sich in den Zeugenstand begeben, einen Eid geschworen und anschließend auf die Fragen des Staatsanwalts geantwortet.

„Mister Davis, wo waren Sie zum Zeitpunkt der Tat, am achtzehnten Juni gegen dreiundzwanzig Uhr?"

„Ich übernachtete im Southern Star Motel im Süden Detroits und bereitete mich auf das Meeting vor, das für den nächsten Tag anstand.“

„Die Dame von der Rezeption hat der Polizei gegenüber bestätigt, dass Sie um zweiundzwanzig Uhr eingecheckt und Ihr Zimmer die ganze Nacht über nicht mehr verlassen haben. Aber können Sie uns bitte erklären, warum Sie sich überhaupt in einem Motel eingemietet hatten, obwohl Sie und Ihre Frau nur vierzig Kilometer von Detroit entfernt in Bloomfield Hills wohnten?“

„Das habe ich schon immer so gemacht. Ganz gleich, ob ein geschäftlicher Termin in Detroit oder weiter weg vereinbart war, habe ich die vorausgehende Nacht vor Ort verbracht, um mich optimal auf die anstehenden Gespräche und Verhandlungen vorbereiten zu können.“

„Mister Davis, Sie waren es auch, der das Opfer, Ihre Frau Jennifer, am darauffolgenden Tag tot aufgefunden hat. Wären Sie bitte so freundlich, uns die genauen Umstände noch einmal zu schildern.“

Morten schluckte. Mit zittrigen Händen fuhr er sich durch die dunkelbraunen Haare. Ehe er zu sprechen begann, holte er mehrmals tief Luft.

„Das Meeting hatte etwas länger gedauert. Anschließend fuhr ich zurück zum Motel, um meine Sachen zu holen. Gegen einundzwanzig Uhr dreißig kam ich zuhause an. Unsere Nachbarn von gegenüber, die Whitakers, saßen noch auf der Veranda und wir haben uns kurz unterhalten. Als ich schließlich unser Haus betrat, stellte ich meine Tasche und den Aktenkoffer im Flur ab und ging ins Wohnzimmer. Dort fand ich Jennifer auf dem Sofa zusammengesunken. Alles war voller Blut. Soweit ich mich erinnere, bin ich auf die Straße gelaufen und habe um Hilfe gerufen. Paul Whitaker ist sofort zu mir gerannt, um mich zu stützen. Er war es auch, der bei Jennifer erste Hilfe leisten wollte. Doch es war bereits zu spät. Seine Frau muss wohl den Notruf gewählt haben. Denn kurz darauf traf der Notarzt ein."
Beim Gedanken an jene Nacht fiel es Morten schwer, die Fassung zu wahren und er hatte Mühe, die aufsteigenden Tränen zu unterdrücken.

„Vielen Dank, Mister Davis! Ich bin mir natürlich darüber im Klaren, dass das alles nicht leicht für Sie ist. Kommen wir nun zu Mister Coleman. Sie wussten, dass Ihre Frau eine Affäre mit ihm hatte?"

„Ja. Ich war sechs Wochen vor Jennifers Tod zufällig auf ihr Tagebuch gestoßen. Ich schäme mich, das sagen zu müssen, doch ich habe darin gelesen.“

„Wie lange ging diese Affäre schon?“

„Seit knapp einem Jahr. Ich kam mir wie ein Idiot vor, dass ich nichts bemerkt hatte.“

„Wie haben Sie auf diese Entdeckung reagiert?“

„Ich war natürlich wütend und enttäuscht.“

„Haben Sie Ihre Frau darauf angesprochen?“

„Selbstverständlich. Sofort als Sie nach Hause kam. Jenn war schockiert und ist in Tränen ausgebrochen. Wir haben lange geredet und am Ende unserer Aussprache hat sie mir ihre Liebe versichert und mir geschworen, die Sache zu beenden.“

„Es muss einen gut aussehenden, erfolgreichen Geschäftsmann wie Sie doch besonders geschmerzt haben, dass Ihre Frau Sie mit einem Mann betrog, der neunzehn Jahre jünger ist als Sie selbst?“

Morten lächelte jovial. „Ich hatte keine Ahnung, um wen es sich bei ihrem Liebhaber handelte. In Jennifers Tagebuch war stets nur die Rede von einem Richard. Wer er war, was er machte, darüber erfuhr ich nichts.“

„Wie erklären Sie sich, Mister Davis, dass Sie in dieser langen Zeit nie etwas von der Affäre Ihrer Frau bemerkt hatten?"

„Nun, ich bin seit einigen Jahren geschäftlich sehr viel unterwegs. Sicherlich haben Jennifer und ich uns dadurch etwas auseinandergelebt. Doch sobald ich wieder zuhause war, war alles wie immer. Meine Frau hat mir gestanden, dass sie und Coleman jede meiner Geschäftsreisen und -termine nutzten, um sich heimlich zu treffen."

„Halten Sie es für möglich, dass Mister Coleman und Ihre Frau sich ausgerechnet in der Tatnacht nicht getroffen haben wollen, obwohl Sie geschäftlich in Detroit waren?"

Ehe Morten antworten konnte, fuhr Richard Colemans Anwalt dazwischen: „Einspruch, Euer Ehren! Reine Spekulation!"

Sofort änderte der Staatsanwalt seine Taktik: „Mister Davis, wissen Sie, ob Ihre Frau und Mister Coleman für die Tatnacht verabredet waren?"

„Nein, das entzieht sich meiner Kenntnis. Da Jenn die Affäre zu diesem Zeitpunkt bereits beendet hatte, gehe ich davon aus, dass kein Treffen geplant war."

Als das Gericht ihn ohne weitere Fragen aus dem Zeugenstand entließ, fiel Morten eine ungeahnt große Last von den Schultern. Es war nicht leicht, über den Tod der eigenen Ehefrau zu sprechen.

Morten wurde aus seinen Gedanken gerissen, als Richard Coleman zum Kreuzverhör gerufen wurde. Gebannt verfolgte er, wie der ehemalige Liebhaber und Mörder seiner Frau in den Zeugenstand schlurfte und dort mehr und mehr in sich zusammensackte.

„Mister Richard Coleman", ergriff der Staatsanwalt ohne große Umschweife nach den üblichen Formalitäten das Wort, „Sie sind siebenundzwanzig Jahre alt, wohnhaft in Southfield und Angestellter bei einem Gebrauchtwagenhändler. Ist das korrekt?"

Coleman starrte apathisch vor sich hin und nickte leicht.

„Bitte beantworten Sie alle weiteren Fragen laut und deutlich! Wann und wo haben Sie Jennifer Davis kennen gelernt?"

Morten sah, dass Coleman um Fassung rang. Sein ganzer Körper schien zu beben. Schließlich antwortete er mit brüchiger, weinerlicher Stimme: „Ich arbeite nebenbei an fünf Abenden in der Woche in der Owl Bar in Detroit. Jenny war dort vor gut einem Jahr mit Freundinnen zu Gast und saß bei mir an der Theke. Wir sind ins Gespräch gekommen und haben uns gleich gut verstanden."

Morten verachtete den Kerl für sein Gewimmer. Und warum durfte dieser Bastard seine Frau überhaupt Jenny nennen? Diesen Spitznamen hatte sie doch immer gehasst. Nur mit Mühe konnte Morten seine Wut soweit unter Kontrolle bringen, dass man sie ihm nicht ansah. Äußerlich wirkte er hochkonzentriert.

Coleman sprach weiter: „Immer wenn ihr Mann geschäftlich unterwegs war, haben wir uns in der Bar verabredet. Nach meiner Schicht waren wir manchmal etwas essen. So ist das zwei Monate gegangen. Bis Jenny mich eines Abends spontan geküsst hat."

Morten hob eine Augenbraue und verhakte seine Finger so fest ineinander, dass die Knöchel weiß wurden. „Wir haben uns von da an nicht mehr nur in der Bar, sondern auch bei mir zuhause getroffen. Ein paar Mal waren wir auch bei Jenny daheim in Bloomfield."

Was hatte der Wichser gerade gesagt? Mortens Puls schnellte in die Höhe und er fühlte, wie sich sein Magen vor Zorn zusammenzog. Das war ihm neu!

„Mister Coleman", schaltete sich nun der Staatsanwalt wieder ein, „wussten Sie, dass Mister Davis, der Ehemann Ihrer Geliebten, von der Affäre erfahren hatte?"

„Nein. Ich hätte auch nicht gedacht, dass Jenny davon wusste. Sie hat nie etwas gesagt."

„Wo waren Sie in der Tatnacht, Mister Coleman?"

„Ich war allein zuhause in meiner Wohnung. Mittwoch ist mein freier Tag, an dem ich nicht in der Bar arbeiten muss."

„Warum waren Sie nicht mit Misses Davis verabredet, obwohl deren Mann geschäftlich außer Haus war?"

„Ich wusste nichts davon. Jenny hatte sich nicht bei mir gemeldet. Vielleicht wusste sie auch nichts von dem Termin ihres Mannes."

„War es nicht vielmehr so", der Staatsanwalt baute sich bedrohlich nahe vor Coleman auf, „dass Misses Davis Sie bereits abserviert hatte, um ihre Ehe zu retten, und Sie in Ihrer Wut darüber zu ihr gefahren sind, um ihr den Schädel einzuschlagen?"

„Nein, sie hat nicht Schluss gemacht!"

„Eben das hat uns aber Mister Davis glaubhaft berichtet."

„Dann lügt er eben!", presste Coleman wütend hervor.

Er schlug die Augen dabei nieder, doch Morten hatte den Eindruck, dass er ihm am liebsten einen hasserfüllten Blick zuwerfen wollte, sich aber nicht traute. Feigling!

„Ich denke eher, dass Sie hier der Lügner sind", konterte der Staatsanwalt, „und ein Mörder noch dazu!"

Coleman schüttelte wild den Kopf und schlug weinend die Hände vors Gesicht. Sein Anwalt schrie mehrmals wutentbrannt „Einspruch, Euer Ehren!" und Morten Davis konnte sich gerade so ein spöttisches Grinsen verkneifen.

Nachdem sich die Gemüter wieder beruhigt hatten, wurde das Kreuzverhör fortgesetzt. Colemans Augen waren noch immer gerötet. Doch der Staatsanwalt machte mit unbeirrbarer Härte weiter und kommentierte Bilder von Beweisstücken, die auf einem großen Flachbildschirm gezeigt wurden. Dabei ließ er den Angeklagten nicht eine Sekunde aus den Augen. Beweisstück A war ein stark verkohlter, ehemals weißer Schutzanzug mit Kapuze, wie ihn Maler und Lackierer über ihrer Kleidung trugen. Er war am Tatort im Kamin gefunden worden und war an den noch erhaltenen Stellen über und über mit Blutspritzern des Opfers übersät. Vermutlich hatte der Täter den Anzug getragen, um keine Spuren am Tatort zu hinterlassen und hatte nach dem Mord versucht, ihn im Kaminfeuer zu verbrennen. In Colemans Wohnung war eine angebrochene Packung derselben Schutzanzüge gefunden worden, in der ein Anzug bereits fehlte, und die somit als Beweisstück B aufgenommen wurde. Bei Beweisstück C handelte es sich um ein T-Shirt aus Richard Colemans Schmutzwäsche, das ebenfalls mit Jennifer Davis Blut beschmiert war, so als habe Coleman sich die Hände daran abgewischt oder die Mordwaffe darin eingewickelt, wie der Staatsanwalt mutmaßte. Außerdem fanden sich darauf Haare des Opfers. Des Weiteren wurden, als Beweisstück D, blutige Einmalhandschuhe in einem der Müllcontainer vor Richard Colemans Wohnanlage gefunden. Auch hier ergab der DNA-Abgleich eine Übereinstimmung mit der Ermordeten.

„Mister Coleman, wie erklären Sie sich, dass wir all diese Beweismittel bei Ihnen zuhause gefunden haben oder mit Ihnen in Verbindung bringen können?", schloss der Staatsanwalt seine Ausführungen und taxierte den Angeklagten dabei mit strengem Blick.

Coleman, der in den letzten Minuten mehr und mehr in sich zusammengefallen war, liefen erneut Tränen übers Gesicht. Fast hätte Morten ein wenig Mitleid empfunden, doch dann besann er sich darauf, was dieser verdammte Mistkerl ihm angetan hatte, und sofort gewannen Zorn und Abscheu wieder die Oberhand.

Als Coleman schließlich sprach, war es kaum mehr als ein Flüstern: „Ich habe keine Ahnung! Ich habe mit dem Mord an Jenny nichts zu tun, das müssen Sie mir glauben. Vielleicht ist jemand in meine Wohnung eingestiegen, um mir die Sachen unterzuschieben."

Beinahe hätte Morten laut gelacht. Auch unter den übrigen Zuschauern breitete sich eine amüsierte Unruhe aus.

„Und wie genau soll der ominöse Unbekannte, von dem Sie hier sprechen, diesen Einbruch bewerkstelligt haben, ohne dabei Spuren zu hinterlassen oder bemerkt zu werden?"

Coleman schien tatsächlich eine Chance zu sehen, seinen Kopf aus der Schlinge zu ziehen.

Seine Augen erhielten einen neuen Glanz. Beinahe war es drollig. Morten legte den Kopf schief und wartete gespannt.

„Ich lasse mein Schlafzimmerfenster immer einen Spalt breit geöffnet, um frische Luft hereinzulassen, auch wenn ich unterwegs bin", begann Coleman. „Da ich im ersten Stock wohne, habe ich mir nie etwas dabei gedacht. Die Nachbarn in unserem Wohnblock interessieren sich nicht besonders füreinander und das Fenster, das ich meine, geht nach hinten raus, wo gerade nachts niemand mehr unterwegs ist. Es wäre also kein Wunder, wenn keiner etwas bemerkt hätte."

Richard Coleman schien aufrichtig begeistert von der Logik seiner Worte.

Der Staatsanwalt zeigte sich wenig beeindruckt: „Entweder, Mister Coleman, sind Sie gedankenlos oder dumm. Wer Ihnen diesen Schwachsinn vom bösen Einbrecher abnehmen soll, ist mir ebenfalls ein Rätsel. Beantworten Sie uns also endlich die entscheidende Frage! Wo haben Sie die Tatwaffe versteckt?"

Mit Genugtuung stellte Morten fest, dass der dumme Junge, der Coleman zweifelsohne war, leichenblass wurde.

„Ich weiß nichts von einer Tatwaffe! Ich habe Jenny nicht umgebracht!"

„Hören Sie doch endlich auf mit diesem Schauspiel!", rief der Staatsanwalt. „Sie sind der Mörder von Jennifer Davis!"

Als Richard Coleman erneut in Tränen aufgelöst zusammenbrach und sein Verteidiger kurz davor stand, dem Staatsanwalt an die Gurgel zu gehen, wurde die Verhandlung erneut unterbrochen.

Eine Woche später verlas Richter Flannigan in Saal zwölf das mit Spannung erwartete Urteil. Richard Coleman wurde des Mordes an Jennifer Davis für schuldig befunden und zu einer lebenslangen Gefängnisstrafe verurteilt. Die Beweise gegen ihn waren so erdrückend gewesen, dass das hohe Gericht die weiterhin verschwundene Tatwaffe außer Acht lassen konnte. Morten verließ zufrieden und erleichtert das Gerichtsgebäude, gönnte sich zur Feier des Tages einen Drink und fuhr gegen dreiundzwanzig Uhr bester Laune zum Southern Star Motel.

Becky, die sein Alibi bestätigt hatte, stand wie immer während der Nachtschicht hinter der Rezeption und empfing ihn mit ihrem strahlendsten Lächeln: „Hey, Mister D., ist alles gut gegangen?"

„Ja, Becky, alles bestens. Das Schwein muss bis zum Ende seiner Tage in den Bau!"

Sie freute sich mit ihm. Ihr Blick war leicht glasig. Morten wusste, dass das junge Ding an der Nadel hing. Wenigstens hatte sie es in den Tagen vor ihrer Aussage bei der Polizei geschafft, clean zu bleiben.

Langsam schob er ihr einen dick gepolsterten, braunen Umschlag über die Theke: „Hier ist der Rest. Fünftausend Dollar, wie vereinbart. Vielen Dank, dass du bei der Polizei für mich gelogen hast. Aber du weißt ja, dass es lediglich dem guten Zweck gedient hat. Die Staatsgewalt musste sich nicht fälschlicherweise mit mir und meinem fehlenden Alibi aufhalten, sondern konnte sich ganz auf den wahren Mörder meiner Frau konzentrieren."

Becky nahm den Umschlag an sich, lächelte erneut und raunte ihm verschwörerisch zu: „Nichts zu danken, Mister D. Ich habe generell kein Problem damit, den Bullen Scheiße zu erzählen."

Als Morten das Motel verließ, zwinkerte er Becky ein letztes Mal zu.

Sein Weg führte Morten auf den Hof von Miller's Storage, wo er vor knapp zwei Monaten einen Lagerraum angemietet hatte. Er zog einen Schlüssel aus der Hosentasche und öffnete das Rolltor von Abteil sieben. Im Inneren wirkte sein Lager beinahe wie ein mit Umzugskartons vollgestelltes Wohnzimmer. An der linken Wand hatte er sich mit einem alten Sofa, einem kleinen Kühlschrank für Getränke und einem antiken Röhrenfernseher häuslich eingerichtet. In der rechten Ecke stapelten sich Kisten, die zum Großteil leer waren. Glücklicherweise hatte Mister Miller, ein stadtbekannter Säufer, bei der Vermietung von Abteil sieben keinen Wert auf Formalitäten gelegt und somit auch keinen Ausweis von Morten verlangt. Der Lagerraum gehörte also gar nicht ihm, sondern irgendeinem fiktiven Charakter.

Morten schien es, als bestünde halb Detroit aus Junkies und anderen Süchtigen. Und zwei davon hatte er sich zu Nutzen gemacht, um seine Pläne in die Tat umsetzen zu können. Nachdem er das Rolltor hinter sich geschlossen hatte, bahnte er sich zufrieden grinsend seinen Weg zu einer Kiste, die ganz hinten in der Ecke stand. Er entnahm ihr eine Plastiktüte. Nachdem er es sich auf dem abgewetzten Sofa bequem gemacht hatte, öffnete er die Tüte und zog eine gut fünfundzwanzig Zentimeter große Bronzeskulptur heraus. Das abstrakte Ding, das jahrelang in seinem Wohnzimmer gestanden, ihm persönlich aber noch nie besonders gefallen hatte, wog schwer in seiner Hand. Ganz oben konnte man bei genauerem Hinsehen noch leichte Blutspuren erkennen. Lange betrachtete Morten Davis die Tatwaffe, nach der Polizei und Staatsanwaltschaft vergeblich gesucht hatten und mit der er seiner Frau Jennifer den Schädel eingeschlagen hatte.

Nachdem Morten Ende April auf der Suche nach seinen besten Manschettenknöpfen auf Jennifers Tagebuch gestoßen war und darin gelesen hatte, war er außer sich vor Wut durchs Schlafzimmer getigert. Obwohl er ein äußerst attraktiver Mann war, dem schon mehrere hübsche Damen den Hof gemacht hatten, wäre er niemals auf die Idee gekommen, seine Frau mit einer von ihnen zu betrügen. Und diese dreckige Schlampe zögerte keine Sekunde, sich vom erstbesten dahergelaufenen Kerl vögeln zu lassen?

Natürlich hatte er Jennifer nicht auf seine Entdeckung angesprochen. Zuerst wollte er

Gewissheit haben. In den darauffolgenden Wochen hatte er mehrere geschäftliche Termine vorgetäuscht und seine Frau und ihren Liebhaber ausspioniert. Als ihm bewusst wurde, dass es sich bei dem Kerl um ein halbes Kind handelte, der offensichtlich noch nicht einmal besonders viel in der Birne hatte, brannten ihm endgültig die Sicherungen durch und er begann, seinen perfiden Plan zu schmieden. Wann immer er Jennifer erzählte, dass er beruflich außer Haus müsse, verbrachte er die Nächte in dem eigens dafür angemieteten Lager. Er verfolgte Coleman auf Schritt und Tritt, machte sich Notizen über dessen Gewohnheiten und Tagesabläufe. Schon damals hatte er herzhaft darüber gelacht, dass dieser Trottel tatsächlich permanent eines seiner Fenster offen stehen ließ. Wirklich alles hatte Morten in die Karten gespielt. Als für den neunzehnten Juni - ausgerechnet ein Donnerstag - ein Meeting angesetzt wurde, war Morten klar, dass der perfekte Zeitpunkt gekommen war. Wie er wusste, hatte Coleman mittwochs seinen freien Tag und wenn Morten es geschickt anstellte, würde dieser kleine ehebrecherische Wichser für den Mord an Jennifer kein Alibi haben. Genau aus diesem

Grund verriet er seiner Frau dieses eine Mal nichts von seinem Termin.

Beinahe zärtlich betrachtete Morten jetzt die Bronzeskulptur in seiner rechten Hand und Erinnerungsfetzen an die Mordnacht stiegen in ihm auf und manifestierten sich vor seinem inneren Auge wie schnell hintereinanderweg geschnittene Szenen in einem Kinofilm.

Morten im Motel. Er überreicht Becky einen Umschlag mit Geld und bläut ihr ein, was sie der Polizei sagen soll. Die Fahrt nach Bloomfield Hills. Er parkt einige Querstraßen weiter, benutzt den Hintereingang. Seine Frau, die im Wohnzimmer fernsieht. Morten im Badezimmer. Er zieht sich Schutzanzug und Handschuhe an. Er geht ins Wohnzimmer, betrachtet den Hinterkopf seiner Frau, die auf dem Sofa sitzt. Die Bronzeskulptur im Bücherregal. Er nimmt sie an sich und schlägt ohne ein Wort damit auf Jennifer ein. Blut spritzt. Aber es ist nicht genug Blut auf dem Anzug. Er schlägt weiter auf den Schädel seiner Frau ein bis er zufrieden ist. Er holt eine Plastiktüte für die Handschuhe und die Statue. Raus aus dem Anzug. Er wirft ihn ins Feuer, das im Kamin brennt. Der Anzug darf nicht ganz verbrennen. Morten muss aufpassen. Zurück ins Bad. Er braucht ein paar von Jennifers Haaren. Morten in Abteil sieben. Er muss die Beweismittel verstecken. Übernachtung im Motel. Das Meeting am nächsten Tag. Richard Colemans Wohnung. Morten klettert zum Balkon hinauf und steigt durch das offene Schlafzimmerfenster ein. Morten ist sportlich. Für sechsundvierzig ist er topfit. Die Schmutzwäsche im Badezimmer. Morten greift sich ein T-Shirt, befeuchtet es und wischt damit das Blut von der Skulptur. Auch Jennifers Haare müssen auf das T-Shirt. Er legt die angebrochene Packung mit Schutzanzügen in den Küchenschrank. Zurück durchs Schlafzimmerfenster.

Er wirft die blutigen Einmalhandschuhe in einen Müllcontainer. Wieder eine Fahrt nach Bloomfield Hills. Ein Plausch mit den Whitakers. Was für ein verdammtes Glück, dass sie noch auf der Veranda sitzen! Er betritt sein Haus. Im Wohnzimmer liegt Jennifer mit eingeschlagenem Schädel. Fast hatte er befürchtet, sie könne verschwunden sein. Er beginnt zu schreien, rennt auf die Straße. Paul läuft auf ihn zu, fängt ihn auf, stützt ihn. Dann versucht er Jennifer zu helfen. Doch es ist zu *spät. Morten weiß, dass es zu spät ist, er hat ganze Arbeit geleistet. Sirenen in der Ferne. Blaues Licht durchzuckt die Dunkelheit der Nacht. Notarzt, Krankenwagen, Polizei. Morten wird befragt. Er beschuldigt Richard Coleman, den Liebhaber seiner ermordeten Frau.*

Als Morten wieder aus seinen Gedanken auftauchte, konnte er fühlen, dass seine Wangen gerötet waren. Sein Atem ging schneller. Mehrmals atmete er tief durch, um sich wieder zu beruhigen. Ein Hochgefühl hatte Besitz von ihm ergriffen und er konnte sich nicht erinnern, jemals so euphorisch gewesen zu sein. Nicht einmal damals, als er mit seinem Footballteam die Collegemeisterschaft gewonnen hatte. Er wickelte die Bronzeskulptur wieder in die Plastiktüte und legte sie zurück in die Kiste. Er nahm den Kühlschrank und den Fernseher vom Stromnetz. Morten hatte nicht vor, noch einmal hierher zurückzukommen. Als er das Rolltor schloss und den Schlüssel im Schloss drehte, durchströmte ihn erneut ein Gefühl der Erleichterung. Anschließend warf er den Schlüssel in einen Gully. Abteil sieben würde ihn zwar jeden Monat zweihundertfünfzig Dollar kosten, doch das war ihm die Sache wert.

Auf dem Weg zu seinem Auto pfiff er beschwingt vor sich hin. Morten war äußerst zufrieden mit sich und hätte sich am liebsten selbst auf die Schulter geklopft. Schon immer war er ein hervorragender Stratege und Organisator gewesen. Es war daher nicht weiter verwunderlich, dass ihm seine Akribie und seine unermüdliche Ausdauer zum perfekten Verbrechen verholfen hatten. Zwei Fliegen mit einer Klappe. Morten musste schmunzeln. Nicht genug, dass er sich der miesen kleinen Schlampe, die er fünfzehn Jahre lang seine Ehefrau nennen durfte, entledigt hatte. Nein, auch ihren Liebhaber, dieses verweichlichte, hirnverbrannte Arschloch, war er auf bestmögliche Art und Weise für immer losgeworden. Lächelnd startete Morten Davis den Motor, legte den Gang ein und fuhr vom Hof der Miller's Storage in sein neues Leben als glücklicher Witwer.

Happy Halloween

Sobald sich das erste Dämmerlicht über das Städtchen legte, flammten die Straßenlaternen auf.

Sie stand am Fenster ihres Hauses und betrachtete die beschauliche Idylle, die sich vor ihr ausbreitete. Ein trügerischer Frieden. Sobald die Dunkelheit hereinbrach, würden unzählige kleine Hexen, Geister und Zombies aus den umliegenden Häusern kommen und die Straßen unsicher machen.

Hinter ihr türmten sich die Umzugskartons. Erst vor wenigen Tagen war sie eingezogen. Doch es lohnte nicht, die Kisten auszupacken. Schließlich würde sie auch dieses Mal nicht lange bleiben. Sobald sich die Aufregung, welche in den nächsten Stunden um sich greifen würde, gelegt hatte, würde sie weiterziehen. Natürlich brauchte es dafür ein wenig Geduld. Zuerst würde die Sorge in blankes Entsetzen und Panik umschlagen, ehe sich Verzweiflung und schließlich Resignation breit machen würden. Doch in wenigen Wochen wäre das Schlimmste überstanden. Zumindest für diejenigen, die nicht unmittelbar betroffen waren. Dann würde niemand bemerken, dass sie ebenso lautlos verschwand wie sie zuvor aufgetaucht war.

Sie warf einen Blick auf die alte Standuhr. Ihr blieben nur noch wenige Minuten, um die notwendigen Vorbereitungen zu treffen. Vor allen Häusern der Nachbarschaft standen dicke, ausgehöhlte Kürbisse, in denen golden schimmerndes Kerzenlicht flackerte. Die Menschen hier waren verrückt nach Halloween. Bereits vor Wochen hatten sie ihre Häuser und Vorgärten dekoriert. Genau deswegen hatte sie dieses ansonsten so verschlafene kleine Nest ausgesucht.

Vorsichtig legte sie den rechten Zeigefinger an die Fensterscheibe. Ihr langer, schwarz lackierter Fingernagel machte ein klackendes Geräusch auf dem kühlen Glas. Sie formte ihre vollen, blutroten Lippen zu einem O und stieß einen sanften Lufthauch aus. Augenblicklich frischte draußen eine Brise auf. Ein warmes Gefühl durchströmte ihren Finger, der schließlich immer heißer und heißer wurde. Als die Fensterscheibe unter ihrer Haut zu glühen begann, verstärkte sie auch den Lufthauch, der stetig aus ihrem Mund strömte. Die zarte Brise verwandelte sich in einen starken Wind. Buntes Herbstlaub tanzte die Straße hinunter, die Bäume in den Vorgärten schwankten unter der plötzlichen Naturgewalt. Ein letzter Windstoß fuhr über die Veranden und die Stufen zu den Hauseingängen hoch. Die Kerzen in den Kürbislaternen zitterten in einem aussichtslosen Kampf, dann erloschen sie. So schnell wie er gekommen war, klang der Wind wieder ab.

Atemlos riss sie ihren Finger von der heißen Fensterscheibe. Der erste Schritt war nun erledigt.

Sie griff nach der Packung mit den Streichhölzern, trat vor die Haustür, riss eines der Hölzchen an und entzündete die Kerze in dem dicken, ausgehöhlten Kürbis, der dort stand. Weit und breit war er nun der einzige, in dem ein golden schimmerndes Licht flackerte. Zufrieden lächelnd ging sie zurück ins Haus. Dieses Halloween würde man hier mit Sicherheit nicht so schnell wieder vergessen.

Wenige hundert Meter weiter stand Melinda Berg einem blutrünstigen Vampir, einem pelzigen Werwolf, einer mit Klopapier umwickelten Mumie und einem leichenblass geschminkten Hexenmädchen gegenüber. Gerade hatte sie ihnen bunte Stoffbeutel in die Hände gedrückt.

„Ich weiß, dass ihr aufgeregt seid", bläute sie ihrem Sohn Leo, dem Vampir, und seinen Freunden nun bereits zum dritten oder vierten Mal ein, „aber denkt daran,…"

„…dass ihr nur bei Häusern klingelt, vor denen eine brennende Kürbislaterne steht!", krähten die Kinder wie aus einem Mund.

Melinda musste lächeln. Es war das erste Mal, dass Leo und die anderen zu Halloween loszogen.

„So sind nun einmal die Regeln!", sagte sie mit gespielter Strenge in der Stimme. „Schließlich wollt ihr unsere Nachbarn nicht verärgern, sondern möglichst viele Süßigkeiten einheimsen."

Bei dem Wort Süßigkeiten brachen die vier in ohrenbetäubendes Jubelgeschrei aus. Melinda presste sich die Hände auf die Ohren, bis wieder Ruhe eingekehrt war. Dann schob sie die kleinen Monster sanft zur Tür hinaus.

„Und vergesst nicht, spätestens um halb neun wieder hier zu sein!", rief sie ihnen hinterher, als die Kinder durch den Garten auf den Gehweg stürmten.

Nach wenigen Metern blieben sie stehen und sahen sich ungläubig um.

„Das gibt es doch nicht!", murmelte Leo. „Vor jedem Haus steht ein Kürbis, aber in keinem brennt eine Kerze."

Sophia, das Hexenmädchen, machte einen Schmollmund: „So bekommen wir überhaupt keine Süßigkeiten."

„Meint ihr, die Leute haben vergessen, dass heute Halloween ist?", fragte Tom, die Mumie, mit weinerlicher Stimme.

„Quatsch", maulte Oliver, der Werwolf, „so was vergisst man doch nicht! Wahrscheinlich gönnen uns die blöden Erwachsenen nur den Spaß nicht."

„Lasst uns weitergehen", schlug Leo vor. „Weiter die Straße runter finden sich bestimmt noch Häuser, bei denen wir klingeln dürfen."

Doch auch zweihundert Meter weiter hatten sie noch kein einziges Haus gefunden, vor dem eine Kürbislaterne brannte.

„Ich will nach Hause", jammerte Tom.

„Ich auch", stimmte Sophia ihm zu. „Lasst uns zu mir gehen. Meine Mama hat gruselige Spinnenmuffins für uns gebacken."

Leo dachte über den Vorschlag nach. Er hatte sich so auf sein erstes richtiges Halloween gefreut. Die Enttäuschung legte sich wie eine eiserne Faust um sein Herz.

„Seht mal, da!", rief Oliver plötzlich und riss ihn aus seinen trüben Gedanken.

Leo, Sophia und Tom sahen in die Richtung, in die ihr Freund zeigte. Wenn man sich fest konzentrierte und ganz genau hinsah, konnte man da, wo die Straße einen leichten Knick machte, ein kleines Licht flackern sehen.

„Jetzt holen wir uns unsere Süßigkeiten!", rief Leo aufgeregt und sie rannten los.

Als sie vor dem kleinen, weißen Haus standen, grinste sie eine lustige Kürbisfratze an, hinter der tatsächlich eine Kerze leuchtete. Leo warf einen Blick über die Schulter. Auch hier war diese Laterne weit und breit die einzige, die brannte. Komisch war das schon. Andererseits hatte er keine große Lust, lange darüber nachzugrübeln. Sie waren schließlich hier, um fette Beute zu machen. Jetzt konnten sie nur noch hoffen, dass die Bewohner dieses Hauses eine ordentliche Menge an Süßigkeiten vorbereitet hatten.

Leo legte den Finger auf den Klingelknopf und drückte dreimal.

Nervös spähte Melinda Berg aus dem Küchenfenster. Ihre Armbanduhr zeigte 20.35 Uhr an und von den Kindern war noch immer weit und breit nichts zu sehen. Unpünktlichkeit war normalerweise gar nicht Leos Art. Aber vielleicht hatten sie in der ganzen Aufregung einfach die Zeit übersehen und waren bereits auf dem Heimweg. Bestimmt würden sie jeden Moment den Gehweg heraufgesprungen kommen, um ihr die erbeuteten Süßigkeiten zu präsentieren.

Zehn Minuten würde sie den Kindern noch geben, dann wollte sie bei Sophias Mutter anrufen. Möglicherweise waren sie ja noch dort. Leo hatte gestern irgendetwas von Muffins und schleimiger Waldmeisterbowle erzählt.

Es war schwer vorauszusagen, wie viel Zeit ihr noch blieb. Aber das, was sie nun zu erledigen hatte, würde nicht allzu lange dauern. Erneut trat sie ans Fenster. Einsam und wie ausgestorben lag die Straße da. Offensichtlich hatte noch niemand Alarm geschlagen. Wieder legte sie den rechten Zeigefinger auf die kühle Scheibe und sofort schien das Glas unter ihrer Berührung zu pulsieren. Gerade als die Hitze auf ihrer Haut kaum noch zu ertragen war, riss sie den Finger weg und klatschte einmal laut in die Hände. Wie auf Knopfdruck entzündeten sich draußen auf den Veranden und vor den Haustüren alle Lichter in den Kürbissen ihrer Nachbarn. Vorsichtig spähte sie durch das Fenster, um sicher zu gehen, dass auch ihre eigene Kürbislaterne noch brannte. Schließlich erregte nichts weniger Verdacht als in der breiten Masse unterzugehen. Als sie den schweren Samtvorhang zuzog, umspielte ein zufriedenes Lächeln ihre blutroten Lippen.

In der Küche nahm sie eine Schale mit Schokolade und Bonbons vom Tisch. Es war Zeit, ihre Gäste auf angemessene Art und Weise willkommen zu heißen. Sie öffnete die massive Kellertür und stieg langsam die steile, bedenklich knarrende Holztreppe hinunter.

20.45 Uhr. Von den Kindern noch immer weit und breit keine Spur. Dabei waren sie schon eine Viertelstunde überfällig. Das passte einfach nicht zu Leo. Nachdem sie die letzten zehn Minuten wie eine Verrückte durch die Küche getigert war, hielt Melinda Berg die Warterei keine Sekunde länger aus. Sie riss den Hörer vom Telefon und wählte mit vor Aufregung zitternden Händen die Nummer von Sophias Mutter.

„Sind die Kinder noch bei euch?", schrie sie, sobald am anderen Ende abgenommen wurde.

„Melinda? Was ist denn los?"

„Sind die Kinder noch bei euch?" Melinda merkte selbst, dass ihre Stimme kurz davor war, sich in ein hysterisches Kreischen zu verwandeln.

„Nein, die waren noch gar nicht hier", antwortete Sophias Mutter mit einer Ruhe, die Melindas Blutdruck noch weiter in die Höhe schnellen ließ.

„Weißt du, wie spät es ist?", keuchte sie ins Telefon. Ihre Augen füllten sich mit Tränen. Wo zum Teufel war Leo?

„Natürlich weiß ich das. Aber warum regst du dich denn so auf, Melinda? Die Kinder sind bestimmt so beschäftigt mit Süßigkeiten sammeln, dass sie die Zeit übersehen haben."

„Mein Leo übersieht nicht einfach so die Zeit!", raunzte Melinda in den Hörer. Dann fügte sie mit leiser, brüchiger Stimme hinzu: „Was ist, wenn ihnen etwas passiert ist? Wir müssen sie suchen!"

„Das ist doch albern, Melinda! Lass uns noch eine halbe Stunde warten. Wenn sie bis dahin nicht zurück sind, gehen wir los und lesen ihnen so richtig die Leviten. Einverstanden?"

Melinda antwortete nicht. Sie hatte bereits aufgelegt. War sie wirklich eine überreagierende Glucke? Wie konnte Sophias Mutter nur so ruhig bleiben? Die Kinder waren immerhin erst acht. Wie hatte sie sich nur darauf einlassen können, Leo allein durch die Straßen ziehen zu lassen?

Als sie ans Küchenfenster trat, um sorgenvoll in die Dunkelheit hinauszustarren, liefen ihr bereits unaufhörlich heiße Tränen über die Wangen.

Leo hatte keine Ahnung, warum er schlief, aber er hatte einen seltsamen Traum.

Zusammen mit Sophia, Tom und Oliver stand er vor dem kleinen, weißen Haus und drückte so fest er konnte auf den Klingelknopf. Langsam, wie in Zeitlupe, öffnete sich die Haustür und warmes, goldgelbes Licht hüllte die Kinder ein. Vor ihnen stand eine ganz in Schwarz gekleidete Frau und lächelte sie vergnügt an.

Leo starrte sie mit weit aufgerissenen Augen an, so wunderschön war sie. Ihre langen, tiefschwarzen Haare quollen unter einem spitz zulaufenden Hut mit breiter Krempe hervor und ihre grünen Katzenaugen funkelten belustigt. In ihren zierlichen Händen mit den langen, schwarz lackierten Fingernägeln hielt sie ein hölzernes Kästchen.

„Du bist die schönste Hexe auf der ganzen Welt", murmelte Sophia neben ihm und Leo sah, dass nicht nur er die Frau voller Bewunderung anstarrte, sondern auch seine Freunde.

„Wie lieb von dir", hauchte die Frau mit einer angenehm warmen Stimme und strich Sophia zärtlich über den Kopf. Der weite Trompetenärmel ihres Kleides berührte dabei sanft Leos Schulter und ein unbändiges Glücksgefühl machte sich in ihm breit.

„Ich habe mich extra für Halloween so herausgeputzt", fügte die Frau hinzu, wobei ein geheimnisvolles Lächeln ihre blutroten Lippen umspielte. „Aber ihr seid doch bestimmt nicht gekommen, um mein Kostüm zu bewundern?"

Leo schüttelte den Kopf. Langsam kamen die vier Kinder wieder zu sich.

„Süßes oder Saures!", riefen sie schließlich wie aus einem Mund.

Die Frau strahlte sie an. Dann öffnete sie das hölzerne Kästchen. Darin lagen vier in golden schimmernder Folie eingewickelte Bonbons.

„Diese Bonbons habe ich für ganz besondere Kinder wie euch aufgehoben", sagte sie. „Aber ihr müsst sie gleich hier und jetzt essen, damit ihr mir sagen könnt, wie sie euch schmecken. Und in der Zwischenzeit hole ich aus der Küche noch mehr Süßigkeiten."

„Ui ja!", rief Oliver und drängelte sich an Leo vorbei, um als Erster in das Kästchen greifen zu können.

Die wunderschöne Frau im Hexenkostüm musterte den forschen, kleinen Werwolf einige Sekunden lang, dann verteilte sie die übrigen drei Bonbons an Leo, Sophia und Tom.

Voller Vorfreude riss Leo die Folie ab und schob sich das Bonbon in den Mund. Es schmeckte herrlich nach Vanille. Seine Lieblingssorte.

„Hmmmm, Schokolade!", schmatzte Sophia.

„Meins schmeckt nach Karamell! Ich liebe Karamell!", verkündete Tom begeistert.

„Ich hab Pfefferminz", jubelte Oliver und leckte sich begierig die Lippen.

„Schön, dass ich für jeden den richtigen Geschmack gefunden habe", sagte die Frau lächelnd und drehte sich um, um in die Küche zu gehen.

Leo sah ihr nach und plötzlich hatte er den Eindruck, als würden blaue und lila Flammen aus ihrem schwarzen Kleid lodern. Erschrocken riss er die Augen auf. Die Flammen waren verschwunden. Doch nun begann sich alles um ihn herum zu drehen und Leo wurde furchtbar übel. Ein kalter Schauer lief ihm über den Rücken, dann wurde ihm schwarz vor Augen.

Der kalte Schauer schien mittlerweile von seinem gesamten Körper Besitz ergriffen zu haben. Er fror. Seine Hände, sein Bauch und sogar sein Gesicht schienen eiskalt zu sein. Außerdem war es stockdunkel. Oder zumindest kam es ihm so vor, denn noch hielt er die Augen fest geschlossen. Ein lautes Knarren drang in sein Bewusstsein und riss ihn aus seinem seltsamen Traum. Langsam öffnete Leo die Augen.

Melinda Berg hatte lange genug vergeblich auf die Rückkehr der Kinder gewartet. Sie riss ihren Mantel vom Kleiderhaken und stürmte nach draußen. Als sie auf dem Gehweg stand, sah sie sich zunächst etwas orientierungslos nach allen Seiten um. Wo sollte sie mit ihrer Suche beginnen? Mit hämmerndem Herzen ließ sie ihren Blick nach links die Anhöhe hinauf und nach rechts die Straße hinunter schweifen. Vor jedem Haus brannte eine Kürbislaterne. Plötzlich beschlichen sie leise Zweifel. Wenn Leo und die anderen tatsächlich überall geklingelt hatten, um Süßigkeiten zu erbitten, konnten sie selbstredend noch nicht wieder zurück sein. Hatte sie es mit ihrer Sorge etwa doch übertrieben? Unsicher wanderte Melindas Blick zu ihrer Armbanduhr. 21.30 Uhr! Die Kinder hätten vor einer Stunde zuhause sein sollen. Sofort verkrampfte sich ihr Magen erneut und die Angst war wieder da. Leo war trotz seiner acht Jahre ein zuverlässiger Junge. Bei aller Aufregung und Begeisterung für Halloween hätte er sich dennoch niemals derart lange verspätet. Entschlossen wandte Melinda Berg sich nach rechts, wo die Straße sanft hügelabwärts führte und schließlich in einem leichten Knick auslief. Es blieb ihr wohl nichts anderes übrig, als an jeder Tür zu klingeln und nach den Kindern zu fragen. Kurz überlegte sie, ob sie Sophias Mutter um deren Mithilfe bitten sollte. Doch dann fiel ihr das wenig erfreuliche

Telefonat von vorhin ein und sie verwarf den Gedanken sofort wieder.

Als Erstes durchquerte sie den Vorgarten ihrer direkten Nachbarin. Vor der Haustür atmete sie noch einmal tief durch, dann drückte sie auf den Klingelknopf.

Als Leo die Augen aufschlug, wurde ihm schnell klar, warum er am ganzen Körper fror. Er lag bäuchlings auf kaltem Steinboden. Es war ziemlich dunkel und ein muffiger Geruch hing in der Luft. Bei dem Versuch sich aufzusetzen, durchzuckte ihn ein glühender Kopfschmerz, als hätte er einen festen Schlag gegen die Stirn bekommen. Dennoch rappelte er sich weiter auf. Gegen die feuchte Kälte, die ihm mehr und mehr in die Knochen kroch, schlang er sich seinen Vampirumhang fest um den Körper. Wo war er hier? Das letzte, woran er sich erinnern konnte, war, dass er einen Klingelknopf gedrückt hatte.

Links von ihm rührte sich plötzlich etwas. Leo starrte angestrengt in die Dunkelheit. Langsam gewöhnten sich seine Augen daran und er meinte, etwas Zotteliges ausmachen zu können. Als das pelzige Ding sich noch einmal bewegte, gab es keinen Zweifel mehr. Neben ihm lag

Oliver in seinem Werwolfkostüm und schien mit denselben Kopfschmerzen zu kämpfen wie er selbst.

Das Knarren, das ihn aus seinem Traum gerissen hatte, war mittlerweile verstummt. Leo wollte gerade auf allen Vieren zu seinem Freund hinüberkriechen, als plötzlich das Deckenlicht aufflammte. Die unerwartete Helligkeit stach schmerzhaft in seinen Augen und er hob abwehrend den Arm, um sie abzuschirmen. Ein kalter Lufthauch in seinem Nacken ließ ihn herumfahren und Leo schrak zusammen.

Hinter ihm stand die wunderschöne Frau, die ihnen in seinem Traum die Tür geöffnet hatte. In ihren Händen hielt sie eine Schale mit Süßigkeiten und in ihren Augen lag ein seltsames, beinahe bedrohliches Lodern. Erst jetzt bemerkte Leo, dass sie sich in einem Keller befanden. Wenige Meter entfernt lagen auch Sophia und Tom auf dem Boden. Langsam dämmerte ihm, dass alles gar kein Traum gewesen war.

„Was machen wir hier?", fragte Leo, doch die Frau sah ihn nur weiterhin aus ihren grünen Katzenaugen an.

Angst machte sich in ihm breit. Er wollte nach Hause zu seiner Mutter, anstatt bei einer

Wildfremden im Keller zu hocken. Und was war überhaupt mit seinen Freunden passiert? Warum lagen Sophia und Tom neben ihm und rührten sich nicht? Tränen stiegen in ihm auf. So hatte er sich sein erstes richtiges Halloween nicht vorgestellt.

„Was haben Sie mit uns gemacht?", sprach er die Frau noch einmal an. Seiner Stimme war deutlich anzuhören, dass er jeden Moment zu weinen beginnen würde.

Ihr Mund verzog sich zu einem eisigen Lächeln: „Soll ich dir ein Geheimnis verraten?"

Leo nickte, obwohl er sich nicht sicher war, ob er es wirklich hören wollte.

„Ich bin tatsächlich eine Hexe", sagte sie, „und ich locke Kinder in mein Haus, um sie zu mästen, zu rösten und zu fressen." Sie ließ ihren Worten ein kehliges Lachen folgen.

Leo starrte sie entsetzt an. Ein kalter Schauer kroch ihm den Rücken hinunter und die feinen Härchen an seinen Armen stellten sich auf. Die Frau musste vollkommen verrückt sein.

„Du glaubst mir nicht?", fragte sie und bedachte ihn mit einem abschätzigen Blick. „Wollen wir doch einmal sehen, ob du gleich noch immer zweifelst!

Sie nahm den schwarzen Hexenhut ab und legte ihn zusammen mit den Süßigkeiten auf dem Steinboden ab. Dann hob sie beide Hände vors Gesicht, während sie unverständliche Worte murmelte. In dem klammen Kellerraum wurde es mit einem Mal ganz warm und Leo brach der Schweiß aus. Ein unangenehmer Geruch stieg ihm in die Nase. Erst roch es nur nach Rauch, dann mischte sich der beißende Gestank von Schwefel darunter. Mit der Frau schien eine Veränderung vorzugehen. Als Erstes bemerkte Leo, dass sich ihre zierlichen Hände in knotige Klauen zu verwandeln schienen. Ihre schwarz lackierten, langen Fingernägel wurden zu messerscharfen Krallen. Leos Herz hämmerte wie wild. Er warf seinen Freunden einen ängstlichen Blick zu, doch Oliver war noch immer nicht ganz zu Bewusstsein gekommen und die anderen beiden lagen nach wie vor reglos da. Seine Unterlippe begann zu beben. Ein Schluchzen entrang sich seiner Brust und heiße Tränen rannen über sein Gesicht. Er wollte nicht sehen, was vor seinen Augen mit der Frau vor sich ging, doch er konnte den Blick nicht abwenden. Mittlerweile hatte sich das elegante Kleid mit den Trompetenärmeln in alte, dreckstarrende Lumpen verwandelt und das tiefschwarz glänzende, lange Haar hing ihr in dunkelroten, stumpfen Zotteln vom Kopf herab.

Leos Puls raste. Sein Magen zog sich schmerzhaft zusammen und er fürchtete, sich jeden Moment vor Angst übergeben zu müssen. Sein ganzer Körper begann unkontrolliert zu zittern.

Noch immer starrte er die Frau an, die nun langsam die verunstalteten Klauen sinken ließ. Leo schlug sich eine Hand vor den Mund und rang nach Atem. Für eine Sekunde glaubte er, sein Herz sei stehen geblieben. Er war nicht in der Lage zu schreien, obwohl er noch nie zuvor so etwas Schreckliches gesehen hatte. Das Gesicht der Hexe – und Leo hatte keinen Zweifel mehr, dass sie eine war – war mit eitrigen Pockennarben übersät. Ihre blutunterlaufenen Augen lagen tief in den Höhlen. Ihr Mund war zu einem grausamen Grinsen verzogen. Sie konnte in seinen schreckgeweiteten Augen lesen, dass er ihr nun glaubte. Mit gebeugtem Rücken schlurfte sie in eine Ecke des Kellers, wo eine Eisenluke in die Wand eingelassen war. Als sie die gusseiserne Tür der Luke öffnete, züngelten Flammen daraus hervor.

Leo hatte genug Märchen gelesen, um zu ahnen, dass es sich dabei um einen Ofen handeln musste. Seine Knie zitterten so sehr, dass sie schmerzhaft aneinander schlugen und das Klopfen seines Herzens war so stark, dass es ihm beinahe die Luft abschnürte.

Die Hexe nahm zwei Holzscheite aus einem Weidenkorb und warf sie in das Feuer, das sofort aufloderte. Dann schloss sie die Ofentür wieder und drehte sich teuflisch grinsend zu Leo um. Langsam kam sie auf ihn zu. Auf dem Hintern rutschend wich er vor ihr zurück, konnte aber nach wie vor den Blick nicht von ihrem schrecklichen Gesicht abwenden. Als sie plötzlich auf ihn zuschoss, den Mund zu einer fürchterlichen Fratze aufriss und dabei eine Reihe gelblicher Reißzähne entblößte, nässte er ein.

Langsam wich die Sorge einer tiefen Verzweiflung. Melinda Berg hatte bereits bei über dreißig Häusern geklingelt, doch niemand hatte Leo und seine Freunde gesehen. Viele Leute hatten sich sogar verwundert gezeigt, dass den ganzen Abend überhaupt keine Kinder bei ihnen gewesen wären, um nach Süßigkeiten zu fragen. Dabei hatten sie doch extra die Kerzen in ihren Kürbislaternen entzündet und den ganzen Küchenschrank mit Bonbons,

Keksen und Schokolade gefüllt. Nun stand Melinda mit hängenden Schultern auf dem Gehweg und hätte sich am liebsten weinend in ein tiefes Loch verzogen. Wo konnten die Kinder nur sein? Vielleicht sollte sie besser die Polizei rufen? Allerdings befürchtete sie, dass die Beamten ähnlich ungerührt und abschätzig reagieren würden wie zuvor Sophias Mutter, die das Verschwinden ihrer Tochter noch immer nicht zu berühren schien. Langsam setzte Melinda sich wieder in Bewegung. Ein paar Häuser blieben ihr noch.

Die Hexe beäugte ihn aus belustigt funkelnden Augen. Als sie sprach, war ihre Stimme nicht mehr als ein Krächzen: „Ich sehe, du glaubst mir jetzt!"
Leo lag zusammengekauert und mit nasser Hose in seiner eigenen Pfütze. Er hatte die Arme fest um die Knie geschlungen und wiegte seinen Oberkörper unaufhörlich vor und zurück.
„Du, das Mädchen und der Dummkopf mit dem Klopapier habt momentan noch nichts zu befürchten", sagte die Hexe. „An euch ist zu wenig dran. Doch das werden wir in den nächsten Tagen ändern."

Sie trat näher an Oliver in seinem Werwolfkostüm heran und stupste ihn unsanft mit der Schuhspitze an. Er stöhnte leise auf, zu Bewusstsein kam er allerdings noch immer nicht.

„Aber dieser vorlaute, verfressene Kerl könnte mein nächstes Abendessen sein", zischte die Hexe. „Wenn er ohne seinen Pelz genauso fett ist wie mit, dann wird das ein vortreffliches Festmahl werden."

Leo wimmerte leise. Zu mehr war er nicht mehr in der Lage. Sein Oberkörper schlug noch immer aus wie das Pendel einer Uhr.

Die Hexe packte Oliver an beiden Beinen und zog ihn langsam in Richtung des Ofens. Das Schleifen seines Körpers über den Steinboden ließ Leo erschaudern, doch er konnte keinen klaren Gedanken mehr fassen. In seinem Kopf herrschte eine finstere Leere. Immer und immer wieder sah er die schreckliche Fratze mit den scharfen Reißzähnen auf sich zukommen. Er wusste, dass er in diesem Keller sterben würde. Da klingelte es.

Lange Zeit rührte sich nichts in dem kleinen weißen Haus. Melinda Berg drückte noch einmal den Klingelknopf und ließ ihn erst nach einigen Sekunden wieder los. Gerade als sie die Hoffnung aufgeben wollte, öffnete sich langsam die Haustür. Im Türrahmen stand eine atemberaubend schöne Frau in einem schwarzen Kleid mit Trompetenärmeln. Ihr tiefschwarzes Haar fiel ihr in sanften Wellen über die Schultern. Neugierig sah sie ihre unerwartete Besucherin an.

„Entschuldigen Sie die späte Störung. Mein Name ist Berg", begann Melinda , so wie sie es an unzähligen Haustüren zuvor schon gemacht hatte.

„Das macht doch nichts. Was kann ich für Sie tun?", antwortete die Frau. Ihre Stimme klang angenehm warm.

„Ich suche meinen Sohn Leo. Er wollte mit seinen Freunden Süßigkeiten sammeln und ist noch nicht wieder zurück."

Die Frau sah Melinda mitfühlend an.

„Tut mir leid", antwortete sie, „aber ich denke nicht, dass ich ihnen weiterhelfen kann."

„Er ist als Vampir verkleidet", versuchte Melinda ihr auf die Sprünge zu helfen. „Seine Freunde sind als Werwolf, Mumie und Hexenmädchen unterwegs."

Langsam schüttelte die Frau den Kopf: „Bei mir haben heute überhaupt keine Kinder geklingelt."

Melinda nickte. Diese Antwort hatte sie bereits erwartet. Die Frau schenkte ihr ein warmherziges, mitleidiges Lächeln.

„Vielen Dank, dass Sie sich die Zeit genommen haben", seufzte Melinda und stieg mit hängenden Schultern die Stufen der Veranda hinunter. Nur noch wenige Häuser lagen nun vor ihr, bei denen sie ihr Glück versuchen konnte.

Hätte sie sich noch einmal nach der Frau umgedreht, die noch immer in der Tür stand und ihr hinterher sah, hätte sie gesehen, dass sich deren warmherziges Lächeln in ein eisiges Grinsen verwandelt hatte und dass ihre Augen teuflisch funkelten. „Happy Halloween!", flüsterte sie.

Ehe sie zurück ins Haus trat und die Tür schloss, leckte sie sich genüsslich über ihre blutroten Lippen. Dabei kamen messerscharfe, gelbliche Reißzähne zum Vorschein.

Stille Nacht

Eine Weihnachtsgeschichte

Erschöpft trottete er durch die kalte Nacht. Der Schnee knirschte im Rhythmus seiner behäbigen Schritte. Er schlang die Arme fester um den Körper, um sich vor dem eisigen Wind zu schützen. Doch sein alter Anorak war zu dünn, um ihm genügend Schutz zu bieten. Seine Zähne schlugen wie wild aufeinander und seine Hände waren stark gerötet von der Kälte. Er musste nicht nachsehen, um zu wissen, dass es um seine Füße nicht besser bestellt war. Zwei Zehen konnte er schon seit über einer Stunde nicht mehr spüren.

Sie nannten ihn Lumpenharry. An seinen richtigen Namen konnte er sich kaum noch erinnern. Auch sein früheres Leben lag wie im Nebel. Ob es am Alkohol lag oder einfach daran, dass er die schmerzhaften Erinnerungen verdrängte, konnte er nicht sagen. Seit zehn Jahren lebte er nun schon auf der Straße und bisher hatte er am Heiligabend immer ein

Plätzchen zum Schlafen gefunden. Doch dieses Jahr war die Bahnhofsmission bereits nachmittags heillos überfüllt gewesen und auch in den anderen Einrichtungen für Obdachlose hatte man ihn abweisen müssen, weil alle Plätze belegt waren.

Seit Stunden irrte er nun schon durch die Stadt. Zunächst hatte er sein Glück in der Fußgängerzone versucht. Im Lichterglanz der Weihnachtsbeleuchtung hatte er gehofft, Menschen zu finden, die barmherzig genug waren, ihm zu helfen. Mit einer kleinen Spende, damit er sich etwas zu essen und trinken kaufen konnte, oder vielleicht sogar mit einem Platz zum Aufwärmen. Vor Kälte bibbernd hatte er sich neben den Eingang des großen Kaufhauses gestellt. Die glänzenden Augen eines lachenden Kindes hatten ihn von einem Werbeplakat im Schaufenster angestrahlt. Sobald jemand das Kaufhaus verlassen hatte oder an ihm vorbeigegangen war, hatte er höflich um eine milde Gabe gebeten. Doch die Menschen waren nur schnell an ihm vorbeigehetzt, ohne ihn weiter zu beachten. Die meisten waren mit bereits verpackten Geschenken beladen oder schleppten mehrere Einkaufstüten mit sich herum. Auch auf dem nahegelegenen Weihnachtsmarkt hatte ihm niemand Beachtung geschenkt. Der Duft von Glühwein und Bratwurst war ihm in die Nase gestiegen und sofort war ihm das Wasser im Mund zusammengelaufen. An den Ständen drängten sich die Besucher, doch sie alle waren zu sehr mit sich selbst beschäftigt und nahmen keine Notiz von ihm. Er hätte es besser wissen müssen. Menschen, denen es gut ging, hatten selten ein Auge für das Leid anderer.

Nach diesen kläglichen Versuchen, in der Innenstadt Hilfe zu finden, war er wahllos drauflos marschiert. Ohne es zu bemerken war er immer weiter stadtauswärts gegangen. Die Häuser wurden weniger und nachdem er ein Gewerbegebiet durchquerte, stand er nun plötzlich auf freiem Feld. Vorsichtig machte er einen Schritt nach vorne und sank bis über den Knöchel im Schnee ein. Seine Augen mussten sich erst daran gewöhnen, dass sich vor ihm plötzlich tiefe Dunkelheit erstreckte. In der Ferne glaubte er die Umrisse eines Waldstückes ausmachen zu können. Er zögerte. Sollte er wirklich die vermeintliche Geborgenheit der Stadt hinter sich lassen? Andererseits, ob er auf einer Bank im städtischen Park erfror oder in einem verlassenen Wald, spielte wohl keine Rolle. Je länger er in die finstere Nacht hinausstarrte, desto sicherer war er, dass er in einigen hundert Metern ein schwaches Flackern sah. Was konnte das sein?

Für einen Augenblick vergaß er seine tauben Finger und die abgestorbenen Zehen und ging los. Erschöpft wie er war, kam er in dem tiefen Schnee nur langsam voran. Mit jedem Schritt nahm er das Flackern deutlicher wahr. Und dann erkannte er, woher es kam. Er stand vor einer kleinen, windschiefen Holzhütte. Wahrscheinlich diente sie einem Bauern als Lagermöglichkeit.

Durch die morschen, lose aneinandergenagelten Bretter fiel ein sanfter Lichtschein. Er zögerte erneut. Wenn der Besitzer der Hütte da war, wäre er wohl kaum begeistert von seinem Erscheinen. Angesichts der immer durchdringenderen Kälte schien es jedoch einen Versuch wert. Vorsichtig öffnete er die Tür und lugte hinein. Die Hütte war über und über vollgestellt mit altem Krempel. Große hölzerne Wagenräder stapelten sich dort ebenso wie alte Getreidesäcke und Rollen mit Stacheldraht. Inmitten des Chaos brannte ein behagliches

Feuer, um das drei in dicke Pferdedecken gewickelte Gestalten auf dem blanken Lehmboden saßen. Als er eintrat, drehten sich alle drei zu ihm um. Zwei Männer und eine Frau. Sie lächelten ihn freundlich an. Einer der Männer winkte ihn ans Feuer.

„Hallo! Mein Name ist Yusuf und das ist meine Frau Meryem", begann der ältere der beiden Männer. Er hatte pechschwarzes Haar und einen ebenso dunklen Schnurrbart.

„Freut mich. Ich bin Lumpenharry", stellte auch er sich vor und bedachte die beiden mit einem warmherzigen Lächeln. Erst jetzt bemerkte er, dass die Frau hochschwanger war. Unter ihrem weiten Gewand war es anfangs kaum aufgefallen. Sie trug ein Kopftuch und hatte sich zusätzlich die schwere Decke übergeworfen, so dass er nicht viel von ihrem Gesicht sehen konnte. Doch ihre großen braunen Augen waren wunderschön.

„Willst du auch eine Decke?", fragte nun der jüngere Mann und stand sogleich auf, um ihm eine zu holen. Harry sah, dass ein ganzer Stapel davon ordentlich zusammengelegt in einer Ecke lag. Er wickelte sich darin ein und setzte sich dicht an das Feuer. Er sog den Geruch der

Decke tief in sich ein. Sie roch nach Staub, nach Pferd und ein bisschen nach Abenteuer.

„Ich bin übrigens Fred", sagte der junge Mann und klopfte ihm freundschaftlich auf die Schulter. Seine blauen Augen leuchteten neugierig und unter seiner Wollmütze lugte ein blonder Haarschopf hervor. Harry schätzte ihn nicht älter als fünfundzwanzig. Fred wirkte nicht wie jemand, der auf der Straße lebte.

„Herr Lumpen, was führt Sie zu uns in diese bescheidene Hütte?", fragte Yusuf in perfektem Deutsch. Nur ein leichter Akzent ließ darauf schließen, dass es sich nicht um seine Muttersprache handelte.

Harry grinste: „Bitte nicht so förmlich. Lumpenharry ist nur mein Spitzname. Nennt mich doch einfach Harry."

Die anderen drei nickten.

„Und", hakte Fred nach, „was machst du nun hier?"

Harry erzählte von seinem Leben auf der Straße, von den überfüllten Obdachloseneinrichtungen und seinen erfolglosen Versuchen, Unterschlupf zu finden. Während Yusuf und Meryem ihm interessiert zuhörten, verfinsterte sich Freds Miene zusehends.

„Uns ist es ganz ähnlich ergangen", erklärte Yusuf, als Harry fertig war. „Wir sind vor gut zwei Jahren aus unserer Heimat geflohen. Wegen des Krieges. Wir sind mit dem Schiff an irgendeinem europäischen Hafen gelandet und nur Gott weiß, wie wir diese Überfahrt überlebt haben. Wir haben uns bis hierher durchgeschlagen und warten nun seit einem Jahr darauf, dass unser Asylantrag gewährt wird. Doch in den Unterkünften ist kaum Platz. Die Zimmer sind überbelegt und nicht jeder hat ein Bett zum Schlafen. Meine Frau hat es in der Enge nicht mehr ausgehalten. Sie hat Angst, unser Kind in einem Zimmer bekommen zu müssen, in dem noch dreizehn andere Menschen leben. Wir mussten einfach mal raus. Am Bahnhof haben wir dann Fred getroffen."

Harry sah den jungen Mann lange an, der immer noch finster vor sich hinstarrte.

„Entschuldige meine Forschheit, Fred", sprach er ihn schließlich an, „aber du wirkst nicht unbedingt wie jemand, der kein Dach über dem Kopf hat. Warum feierst du Weihnachten nicht zuhause bei deiner Familie?"

Für einen kurzen Moment glaubte Harry, dass Tränen in Freds Augen aufstiegen, doch als dieser ihn mit festem Blick ansah, war der Eindruck verschwunden.

„Ich war ja auf dem Weg nach Hause!", presste der Junge wütend hervor. „Aber als ich mir am Bahnhof ein Zugticket kaufen wollte, habe ich bemerkt, dass ich einen Euro zwanzig zu wenig habe. Die Frau am Schalter wollte mir das Ticket so natürlich nicht geben. Also habe ich mich aufgemacht und jeden, der mir begegnet ist gefragt, ob er mir aushelfen könnte."

Harry hatte eine Ahnung, wie die Geschichte ausgehen würde. Fred sprach weiter: „Keiner hat mir geholfen. Die Menschen sind entweder an mir vorbeigelaufen und haben so getan, als hätten sie mich nicht gehört. Oder sie haben behauptet, kein Geld zu haben. Einer hat mich sogar als widerlichen Schnorrer beschimpft. Also habe ich den letzten Zug nach Hause verpasst. Eine schöne Scheiße ist das!"

„Als wir Fred aufgelesen haben, war er ziemlich verzweifelt", warf Yusuf ein. „Leider konnten wir ihm auch kein Geld geben. Wir haben selber nichts mehr. Aber wir wollten ihn auch nicht einfach seinem Schicksal überlassen."

„Wir sind zusammen losgezogen. In der Hoffnung, irgendwo einen Unterschlupf zu finden", fügte Fred mit einem bitteren Lachen hinzu. „Erst haben wir ein paar Hotels und Pensionen abgeklappert, aber sobald die dort erfahren haben, dass wir kein Geld haben, haben sie uns rausgeschmissen."

Yusuf nickte traurig und drückte Meryem fest an sich. Fred sprach unterdessen weiter: „Schließlich haben wir privat bei den Leuten geklingelt. Yusuf war gleich dagegen, aber ich war so dumm zu glauben, dass uns schon jemand für die eine Nacht aufnehmen würde. Schließlich ist Weihnachten, das Fest der Liebe und Barmherzigkeit. Aber Pfeifendeckel!" Sein Lachen klang gallig. „Die Tür haben sie uns vor der Nase zugehauen. Einige haben sogar zugegeben, dass sie mich reinlassen würden, aber mit den Ausländern wollten sie nichts zu tun haben. Diese Schweine! Dabei haben sie genau gesehen, dass Meryem schwanger ist. Zum Glück haben wir diese Hütte entdeckt, sonst wären wir wohl elendiglich erfroren!"

Man merkte ihm deutlich an, dass ihm das Leben am Rande der Gesellschaft nicht geläufig war. Andernfalls hätte er sich über derlei Ungerechtigkeiten nicht so erregen können. Auch Harry verspürte einen Kloß im Hals, während er Fred zuhörte. Aber nach zehn Jahren auf der Straße hatte er sich daran gewöhnt, dass die Leute einen wie Dreck behandelten. Erst waren es Obdachlose wie er gewesen, die man verachtete, dann die Bettler aus Osteuropa und nun eben die Menschen, die vor Krieg oder Hunger geflohen waren. Er verstand Freds Gefühle nur zu gut. Damals, als er sich für das Leben ohne festen Wohnsitz und ohne Verpflichtungen entschieden hatte, war er ebenso idealistisch gewesen. Eine Zeit lang starrten sie einfach nur ins Feuer.

„Vermaledeit noch mal!", riss Fred sie plötzlich aus ihren Gedanken. „Heute ist Heiligabend und wir sitzen hier rum und blasen Trübsal. Lasst uns doch einfach das Beste daraus machen."

Harry und Yusuf sahen ihn verständnislos an, doch in Meryems Augen lag ein hoffnungsvolles Glitzern. Ohne eine Antwort abzuwarten, sprang Fred auf und stürmte nach draußen. Ein kalter Luftzug pfiff durch die Tür herein. Wenig später kam der Junge mit einem Tannenzweig zurück, den er an die Hüttenwand lehnte.

„Das ist unser Weihnachtsbaum", verkündete er stolz. Dann löste er die Schnürsenkel an seinen Schuhen, zog sie aus den Schlaufen und band sie an den Zweig. Als die anderen begriffen, was er vorhatte, taten sie es ihm gleich. Schließlich zierten acht Schleifen ihren provisorischen Baum. Gemeinsam durchstöberten Harry und Fred nun die Hütte und stießen in einer Ecke auf fast aufgebrauchte Kerzenstummel. Sie entzündeten sie an dem Feuer in ihrer Mitte und stellten sie überall in der chaotischen Bretterbude auf.

Yusuf griff in seine Jackentasche und zog zwei in Cellophan verpackte belegte Brote hervor: „Wenn wir sie uns teilen, hat jeder ein wenig zu essen."

Da fiel Harry ein, dass er noch ein kleines Fläschchen Kirschwasser in der Innentasche seines Anoraks hatte und bot sie den anderen an. Fred nahm einen kräftigen Schluck und seufzte wohlig, doch Yusuf wehrte lächelnd ab: „Danke, aber wir trinken keinen Alkohol."

„Da hab ich was für euch", rief Fred und zog seinen Rucksack zu sich heran. Kurz kramte er darin herum, dann zog er eine Thermoskanne hervor. „Schwarztee. Vielleicht ist er sogar noch ein bisschen warm."

Sie rückten enger zusammen, teilten die Brote und ließen den Tee und das Kirschwasser kreisen. Harry sah seine Zufallsbekanntschaften der Reihe nach an. In ihren Augen spiegelte sich der Glanz der Kerzen. Alle wirkten trotz der misslichen Lage, in der sie sich befanden, sehr zufrieden.

„Darf ich?", fragte er und zeigte auf Meryems Bauch. Wieder sagte sie nichts. Aber sie nickte und ihre Augen strahlten. Vorsichtig legte Harry ihr seine Hand auf den dicken Bauch und sofort durchströmte ihn eine angenehme Wärme. Fred nestelte an seiner Hosentasche herum und zog eine Mundharmonika heraus. Er setzte sie an die Lippen und spielte „Stille Nacht". In der kleinen, staubigen Hütte breitete sich ein warmes Gefühl der Liebe und Geborgenheit aus. Harrys Augen füllten sich mit Tränen. Aber nicht, weil er traurig gewesen wäre, sondern einfach, weil er von seinen Gefühlen überwältigt wurde. Für ihn war es das schönste Weihnachtsfest seit langer Zeit.

Die Autorin:

Janina Huber, geboren 1982, lebt und arbeitet als Lehrerin im oberbayrischen Landkreis Mühldorf am Inn.

2015 wurde ihre Geschichte "Das Ei des Koami" im Rahmen des Literaturwettbewerbs der 10. Bonner Buchmesse Migration in der Kategorie Kinder- und Jugendliteratur mit dem 2. Platz ausgezeichnet.